IL PECCATO

Giovanni Boine

L'avventura cominciò qualche anno dopo che egli se n'era, finiti gli studi, tornato a casa. Fece molto rumore in paese. La gente aveva avuto fino allora di lui un certo diffidente rispetto come per uno che è d'altra razza che noi: che opina e fa diversamente da noi, che non si cura di noi, ma di cui qualcosa precisamente di male nessuno può dire. Vivendo senza fissa occupazione nell'agio noncurante e discreto di una famiglia di patrizi antichi, i saggi mercanti, i vari ragionieri guadagnadenaro della città dicevano di lui che perdeva il suo tempo. «E che fa? Perde il suo tempo». Le vecchie signore beghine, i fabbriceri ed il parroco sebben si togliesse sempre con rispetto il cappello quando passava il Santissimo (ma c'erano invece in paese gli spiriti forti che lo calcavano fieri e feroci fino agli orecchi); e venisse spesso in chiesa alla messa e ci stesse come si deve serio senza fare alle occhiate e ai segnali colle ragazze in parata (ci van perciò appunto i giovani la domenica in chiesa), sospettavan di lui. S'erano sentite certe voci su lui di quand'era agli studi… E par che avesse detto ch'egli al catechismo nelle scuole non ci teneva gran che. – Pei politicanti del Consiglio comunale egli era un «originale». Non si capiva cos'era. Aveva scritto sul giornale del sito in pro, che so io, della «scuola serale» (dunque è con noi socialisti) e poi detto male del discorso del tale e del talaltro al comizio del primo maggio passato (dunque non è socialista). Si mescolava del resto di rado nelle conversazioni a caffè; non giocava; che avesse donne nessuno per allora sapeva; le compagnie allegre, quelle che restan di notte fino alle due in schiamazzi a far la serenata alla bella, o si spandon fra le quinte in teatro l'inverno a pizzicar le coriste, i giovanotti che capiscon la vita e come si deve («son nell'età!») se la godono, quelli lo avevano un poco in concetto tra di «prete» e babbeo.

S'era fatti amici fra gente «di nessun conto», dicevano: ragazzi di diciasette diciotto anni senza un soldo, ragazzi di liceo smilzi a passeggio con sotto il braccio un libro; un giovane capitano di mare che chissà perché aveva piantato il mestiere d'un tratto, specie di matto solitario tutto il giorno a leggere libri (Stirner, Haeckel, Büchner ed i volumi più misteriosamente decorati in nero ed in bianco della «piccola biblioteca» del Bocca. Ma ora in ultimo dicevano che il cervello gli stesse dando completamente di volta e s'occupasse d'occultismo e di simboli e farneticasse sull'interpretazione dei sogni), tutto il giorno in un canto al sole a legger pallido, torvo i suoi libri in disparte; un altro giovane studente di lettere, malato di nervi, rabbuffato, occhialuto, grassoccio (repubblicano dicevano), anche lui «bigotto» giacché stava composto alla messa, innamorato chissà perché (in città la gente si chiedeva perché? Risa e schiamazzi, commenti, giù per le botteghe e i mercati ed in casa prediche ed urla del padre industriale positivo e panciuto) innamorato d'una sartinetta un po' sciocca, sì, un po' rauca, un po' bionda e più innamorato di Wagner [– O cos'è dunque questo incomprensibile Wagner? Voglion fare il difficile: corron tre giorni quando a Genova c'è del Wagner a teatro. E fan le smorfie a Puccini e a Manon. – Ma per le finestre in alto dell'innamorato bigotto se non si versava la urlante rivoluzione del padre e le grida e le strida di tutta la famiglia in paure perché era corsa in giornata la voce che la bionda che so io, che la sartina aveva fatto, aveva detto, che so io, sentivi il tumulto canoro del Walhalla in ebbrezza od il galoppo furioso delle tempestose Walkyrie, o ancor più, ancor più, il religioso languente lamento del loricato Lohengrin ripartente col cigno. E la gente che passava si tappava giù in strada gli orecchi e rifischiava rabbiosa: «sono andati – fingeva di dormire»]. S'era dunque fatti amici di gente siffatta, e faceva con essi vita in disparte, specie di chiusa, malnota fratrìa nella affacendata materiale quietudine – (il porto giù in basso col lento suo traffico, i magazzeni dell'olio, la farmacia e il caffè e su, torreggiante, la gran corpulenza bianchiccia di un chiesone in classico stile, netto, lineare senza misteri pesante, quasi a dar il tono o a riassumere nel definito spazzato paesaggio l'anima chiara massiccia) della vecchia sbadigliante città. (Oh! notturne escursioni in disputante frotta su per i vicoli zitti del dormiente paese! Oh! amicali libazioni di bianco vino sulla terrazza nota, come un alto sperone sul mare e discussioni focose! Oh! esoterici conciliaboli e sguardi diffidenti della gente d'intorno). Stava in disparte con essi e con un vecchio prete che chiamavano il Santo, semplicione di prete sempre circondato di bimbi sempre sorridente cogli occhi cilestri e tutta la curva persona ai suoi bimbi d'intorno che gli chiedevan crocette ed imagini pinte, sempre a parlare di bimbi, ed a correr qui e là quando uno dei suoi bimbi ammalava. E questo sì ch'era davvero ridicolo di veder un uomo, un giovane, intelligente, «istruito» pareva, e a questi lumi di luna, lui (alto, barbuto, pallido, con qualcosa sempre di corrucciato negli occhi e questo suo parlare a scatti), accompagnarsi su giù per il corso com'un vecchio al calduccio d'oro del tramonto d'inverno con questo dolce dolce malingambe di prete, a parlar di che cosa? Già a parlar poi di che cosa? Stava in disparte (grettezza maligna di una città di provincia e contrasti grotteschi; piccineria con mille occhi stupidamente curiosi su te, se ci capiti in mezzo!) come non degnandosi, dicevano; e dentro si capisce la gente se ne sentiva offesa un poco.

In verità non c'entrava il degnarsi: non era di quelli che fanno i «puah!» schifiltosi ad ogni cosa fuori di regola; rideva anche del pettegolezzo se mai gli arrivava e guardava la piccola vita della sua città d'intorno con una certa tal quale compiacenza bonaria; aveva persino tentato di pigliarvi parte in qualche modo quando era capitato. Una volta che lo volevan far consigliere (sì, gli avevan detto «lo metteremo nella lista») non s'era rifiutato, aveva volentieri accettato. (La cosa s'intende andò come tutte l'altre a monte, «è con noi? Non è con noi? e cos'è dunque?») E se una questione seria niente niente, era agitata in città, non in farmacia dove si fan chiacchiere e non servono, ma sul giornale le sue opinioni nette (credeva, e c'era del buffo in questo suo ingenuo illudersi. Quanta illusione, amici! E come tuttociò che è netto per noi tutti questi altri lo piglian per nebbia!) da offendere sino, non si faceva pregare a metterle fuori. Ma la conclusione di chi leggeva essendo poi sempre la stessa – «ma con chi è? ma cos'è dunque lui per suo conto?» – aveva concluso ch'era meglio star zitti in disparte. Non c'era presa, non c'era glutine fra lui e questi altri d'intorno. E forse che in ultimo il torto era suo. Chi lo sa? Affondata così com'era nella sua torbidità elementare chissà che questa gente non avesse un suo più sicuro senso di vita, un suo fiuto a condurla diritta, che non lui maculato d'astratto e di poesia sebbene poi a parole sdegnasse la poesia e l'astratto.

Un uomo di buon senso che gli voleva bene gli aveva detto un giorno: «Tu sei giovane, tu sei assoluto, tu vuoi il mondo perfetto, ma le cose del mondo son di loro natura imperfette e perciò non andate d'accordo». Forse che in ultimo il torto era suo, ne conveniva. – Voleva la perfezione che vogliono i giovani: idealità (anche fuor degli imbrogli della piccola vita del paese suo piccolo) presa fatta e come artificialmente aggiunta sulla iniziale coscienza morale loro. Non ci son giunti vivendo, togliendo, aggiungendo, vivendo. Non l'han fatta in loro, l'han di colpo affermata. E c'è come un salto tra l'effettivo germine di aspirazioni buone in loro e la morale già quadra, già sistemata che si impongono, che vorrebbero imporre. Ci son le fondamenta ed il tetto, mancano i piani di mezzo. Manca la prova, il tormento, la vita; manca il costrurre lento, la fatica durata, la difficoltà superata, manca di nuovo, l'avere vissuto. Piglian d'assalto le idealità, le deducono in corsa, giù per sillogistici dirizzoni, come se si trattasse di un esercizio di logica. Le applicano a sé come agli altri, ci credono fervidi e tanto più sono eroiche tanto più le sostengono, come chi non sa pensare vivo e fluente che invece di svilupparlo ed accrescerlo fa le ipostasi e le contraddizioni dell'essere e dunque l'uccide: ipostatizzano l'istinto morale, ne traggon l'essenza assoluta e la fan metro del mondo. È l'eroismo che vogliono. Perché è nobile ci credono ciechi e sono severi. Solo i giovani infatti, sì, sono severi. Voglion l'eroismo ancor più della moralità sostanziosa e guai al compromesso (guai dunque alla vita). Badan alle leggi (voglion realizzate le leggi) non alla vita. Son essi i giovani che mantengono le leggi. (Sanno le leggi e non conoscono i casi. Arrivano di colpo a Pascal ed odian Liguori).

Ciò non è dell'opinione comune, ma io dico che sono i giovani a «conservare» nel mondo; se tu badi son essi sempre gli intransigenti. Studia le rivoluzioni e vedrai che sono i vecchi a prepararle pian piano: concedono tanto al caso ed ai casi, sminuzzano e tritano tanto la legge che l'equilibrio ne è rotto e la legge finalmente coi giovani ti scatta nuda fuori di nuovo. Forse che tu non pensi le rivoluzioni come un improvviso ritorno ai principii? Alle origini, ai principii, alla legge? Giovani sono i cristiani e vecchi i cattolici. Perché i giovani sanno le leggi e non conoscono i casi: arrivan di colpo a Pascal ed odian Liguori. (Ma né con giovani né con vecchi io tengo. Io tengo cogli uomini, voglio il caso e la legge, la legge ricca di caso, il caso ricco di legge). Odian Liguori e ti paion più presso l'essenza. Ed io ti dico, guarda più fondo dunque e ti parran più presso al nulla che all'essere, più presso alla morte, perché l'essenza è il nulla se non è corposa di caso. (E perciò tu vedi così spesso un giovane passar qui di colpo dalle idealità affermate alle imbrogliate brutture della cotidiana vita; vedi così spesso i giovani scordarsi d'un tratto, come se un soffio solo di vento avesse bastato a spazzarli, a sgombrarli della dorata nebbia. E perciò ancora i migliori, i più delicati finiscon così spesso invece che nell'azione, nel sogno. Confinano, chiudono, sperdono come disgustati le aspirazioni intime loro in una specie di perfezion conventuale. Perché l'aspirazione dei giovani è molto vicina alla irrealtà, alla povertà del sognare). E son essi, i giovani, dunque, i vecchi davvero, son essi i morituri e gli astratti. Non sanno il peccato: han la purità della morte, non la purità della vita. Tu arrivi alla purità sostanziosa se hai molto peccato «fortemente peccato». Se hai fatto e vissuto, se sei salito, se ti sei provato e risolto. I giovani ipostatizzano il bene e perciò anche il peccato. Contrappongono bene e peccato come se fosser due regni e stando nel bene anatemizzano il male. Perché non han fatto mai né il male né il bene, perché non conoscono il fare, non hanno una storia. Non han niente dietro di loro (e perciò s'accollano nuovi ed ingenui alla generalità della legge. Son come chi stordito dall'onda afferri uno scoglio alla riva e lo tenga. Ma c'è della spiaggia, ma c'è terra e soda e ricca poi al di là!) Non han nessun bene compiuto su cui avanzare, nessun bene da convertire in male avanzando. Non sanno dunque né il male né il bene: sono dei vergini, son degli embrioni. Son fuori del mondo, l'han tutto innanzi e di fuori, – non l'hanno ancora creato – e perciò come falsi iddii, manovrando con miti illusori di male e di bene, sono a vuoto severi e lo giudicano.

E tu dici che così atteggiati son belli? Sì. Son belli i giovani e servono nella economia della vita come servono gli astratti a comprendere l'essere: ti fan chiara nella sua trama la vita e sono dei nulla. Non son mai se tu badi i mezzi uomini che ammirano i giovani. Perché l'ammirazione per essi è ammirazione per te che l'hai compresi e avanzati, che hai vivificata la trama e la legge. Tu hai infine il diritto di ammirare e i giovani e la loro severità, solo se tu sei da più d'essi; ché essendo più efficacemente severo con te tu abbia dunque cessato di esserlo vuotamente con gli altri.

Arrivan infine di colpo a Pascal (ma credi che siamo in molti ad aver capito Pascal? Ti mostrerò io un giorno dove dia di mano ai Gesuiti). Egli amava parlar di Pascal e di «grazia» col vecchio prete dei bimbi (che non era peraltro granché giansenista e ripeteva d'in quando: «Ma dio è buono; ma dio ti dico che è buono e perdona i peccati») e sebben tenesse per la tradizione e la pace e spesso dicesse che le cose, già, sono; son così come sono «E cosa vuoi dunque? uscir fuori dall'essere?» – ascoltava paziente i torbidumi anarchici del lettore di Stirner che gli sembravan follie senza nome, ma in cui una certa frase del «dover essere» e che le cose dovrebbero essere etc. etc. tornando sovente gli faceva breccia dentro e quasi trovava giù nel sentimento suo se non nel chiaro intelletto qualcosa di aperto all'accogliere. (Dover essere. Dover essere secondo un prototipo, secondo una platonica idea, – ma poiché le cose voglion, curioso, ritrovarla pian piano da sé, – disillusione dunque scontenta e come voglia di uscire dal mondo). Amava dunque discutere su Stirner e Pascal, come critichi, avversi e discuti le cose che ami; e sebben credesse di essere di gusti un classico al tutto ed ascoltasse più Mozart e Bach che Wagner e Strauss; od ancora dicesse che la vita è buona e da amarsi e che conviene viverci queti dentro e lasciarsi portare, – si trovava poi bene col suo wagneriano ad oltranza che gli suonava al pianoforte del Folle che balza («Ecco ecco il Puro che balza!») sugli spalti del castello incantato e che aveva in orrore i borghesi, suo padre panciuto, l'industria delle cassette di latta di cui pure campava e la vita comune. Diceva in conclusione, sì, «mescoliamoci alla vita degli uomini così come viene!» ma in verità gli piaceva il guardarla come da una specola alta dal mezzo di questo suo cenacolo (insieme accozzato, così invece che per volontaria stranezza o, quasi, avresti detto, per pigliarsene gioco) cenacolo di strambi scontenti e di giudicarla inattivo e da lontano invece che farla, viverla tormentosamente ogni giorno.

Già; non era un cervello d'un palmo o con una sola finestra. Se gli parlavi complessamente da uomo ti rispondeva da uomo. Potevi credere che avesse la sodezza esperimentata di un uomo. Ti mostro fuori dunque delle sfumature, degli indizi lievi e degli echi perché tu ne veda bene il nascosto. E quando suo padre morì, che si trovò nell'imbroglio dei processi per l'eredità contrastata, con la città intorno divisa per famigliari partiti, mezza contro di lui, con i vecchi amici di casa che l'avevan fatto ballar sulle ginocchia bambino e che ora passavan duri per strada come se non lo vedessero più, e non salutandolo; quando dunque un giorno pieno di disgusto, un parente di Genova, uomo di polso, gli aveva detto: «E che resti a fare lì dunque? Vientene via che soffochi lì, fra queste beghe di sciocchi e di donne. Vientene in una città per davvero e fa qualcosa di degno» gli rispose, come uno maravigliato che no. Amava la sua vecchia casa. Amava i suoi libri, i suoi alti scaffali e la memoria su di essi diffusa del padre e del nonno. Giusto in quei giorni sfogliando testamenti, donazioni, cartaccia vecchia e bollata (questo maledetto processo!) gli era venuto fra mano un manoscritto del nonno (gran lettore di Orazio e Lucrezio) con fra versi latini raccolti e chiosati, una piccola dissertazione «della umana infelicità». E c'era questo passo curioso fra gli altri, con in margine, disegnata a tratti di penna, come spesso nei vecchi libri, una di queste schematiche mani, indice teso, a segnarlo: «e non sarai felice se questa o quella cosa che ami possederai, ma se tutte le potrai a seconda del tuo vario volere immaginare». – Non approvò. Ma sentì bene che questo un po' amaro invito a sognare, a veder la vita in distanza traverso il sogno come i vecchi attraverso il diffidente ricordo, era un poco nelle carnali radici dell'essere suo. Invito discreto come di chi fosse stato dalle «cose del mondo» punto e ferito ma non tanto da odiarle. Cosicché: «non absolute li oggetti delli tuoi desideri, ma le condizioni perché li possa senza impedimenti imaginare, tu devi cercare. Ché se tu bene opini vedrai come nella condizion dello concepimento tuo sia posta la fonte della tua contentezza, perché di questo tu sei duce e signore essendo esso in te e come tua cosa, ma non dell'oggetto che è cosa di tutti e da contraria legge e misura dibattuto e partito». Curarsi dunque dell'oggetto e del mondo solo in quanto è condizione di sogno, non più. Come se pretender di più fosse o pericoloso o impossibile. Ed il nonno certo, arguto vecchietto tutto legge e latino, non s'era impacciato mai né di sfumature soggettivistiche novalisiane né di Sigismondi spagnuoli. Diceva ciò senza troppa tragedia. – Nemmeno lui per altro amava granché la tragedia. E non approvava. Bisognava pure accettare la vita. Ed il sogno era il sogno. Ma amava la sua casa tranquilla, lo zittire dormiente della sua grande casa dove fin da bimbo era cresciuto su solitario (penombra per tutto, eco di vuoto, sottile odore di antico ed anche fuori, chiassuoli deserti nella calda quiete del sole); amava i suoi libri ordinati ed anche questo qualcosa di triste come un dolore sotterrato, affondato negli anni, nel pur placido e semplice viso della madre affettuosa. Amava starsene in pace qui e chissà? anche lui distillare pian piano qualche discreta dissertazione, qualche commentario alla maniera dei mistici tutto polposo, tutto buono di vita modestamente profonda e disperderlo anche lui come il nonno, qui, fra i testamenti e gli atti a far meditare e sognare qualche lontano nipote. Pareva dunque ch'egli dovesse lento (s'era dunque proposto di) placidamente invecchiare così, di cullarsi zitto e composto in questa specie (non nuova) di spiritual epicureismo, quando subdola, senza ch'egli se n'accorgesse agli inizi, non disturbando, non urtando la voluta quietudine del naturale suo, quasi un delicato dimonio la conducesse insinuante, ecco cominciò l'avventura.

La lontana origine della quale egli si diceva quando poi ci pensò, era stata l'anno innanzi in uno spettrale meriggio del giugno ch'egli vagabondava fuori solo nell'enorme barbaglio. Frinire di cicale per tutto, barbaglio accecante bianchiccio, cose nette, sfacciate senz'ombra. Con in mano un libro e il bastone, andava a testa bassa lento. Pensava di salirsene su pian piano ai cipressi del Monte, che la frescura c'era lassù e la queta vista intorno dei colli e del mare. Ma come arrivò al convento delle Carmelitane dove la salita comincia (sassosa, incassata fra i muri sgretolati bianchi di cinta, con al di là gli orti e i giardini e su svettanti le cime dei mandorli e dei limoni lucideverdi) come dunque costeggiava, salendo, il convento, gli giunse grave, nascosto, d'un tratto un suono d'armonium. Sostò. Profonda, lenta, come non curante della sfacciata trionfale arsura del sole al di fuori, musica come una sicura anima giù in un immobile corpo nascosta a meditare quietacanora. Veniva a lui come di lontano, smorzata, gli si spandeva soffice, lenta come un'ombra carezzantenotturna d'intorno: buon gorgoglio come di fontana fluente in questo bruciare vasto di sete. Come se ritrovasse, come se avesse aperto un silente sgorgo, una pacifica meditazione di vita dentro di lui d'un tratto. Come se d'un tratto ecco egli si fosse affondato in sé, avesse rotta questa superficie colorata gridante, si fosse affondato in sé nella quiete, lento.

Rifece in giù rapido i pochi passi e poiché sulla gradinata vide la minor porta della chiesuola, socchiusa, salito la spinse. Buio, stordimento. Riluccichio rossastro d'un lumicino in fondo. Cercò come a tastoni una panca e sedette. E nell'ombra vaga quasi una stessa cosa con essa, diffusariempiente la voce piana su dell'armonium anche qui a tratti smorzata, anche qui come in distanza nascosta. Cantava spiegato ora, ora rinchiuso e sperduto, misterioso continuo insistente come se volesse dire qualcosa, come se non si potesse saziare, un salmodiamento vago di coro. Respirava, saliva, saliva, scendeva pensoso, teneva lento le note, insistendo, tornando, ripigliando instancato continuo e come cercando. Gli pareva che volesse, che cercasse qualcosa, gli pareva che meditasse, che cullasse, che cercasse nell'ombra quetamente qualcosa. E finalmente come un ricordo che ti torni netto, disteso ad un tratto sforzando su dal buiore, come se la diffusa canorità delle note si fosse fatta sforzando trasparente così da scoprire una trama vocale e parlare, ecco che l'armonium diceva, ripeteva, cantava, diceva piano sicuro nella densa soffice ombra: Labia, labia mea aperies domine. Schiudi, schiudi le mie labbra o signore, come quando lui bimbo ascoltava, gli occhi allargati, attento accanto al nonno nel coro, che veramente gli pareva di dentro il signore gli aprisse (ora ecco veramente gli aprisse!) la bocca a parlare, veramente ora la salmodia canoracomposta ne uscisse; uscisse, ondeggiasse, esalasse per ritmi coralmente da lui. Un'attesa, un'ansia, una riposata attesa sicura; una laudante aspettazione d'iddio.

Ciò durò molto: egli stava così sulla panca immobile curvo come dormendo e ci restò parecchio ancora come il suono cessò ed un fruscio discreto di passi di dietro la grata verde di legno in alto, allontanandosi, ebbe lasciato nella navata il silenzio. Filtrava ora d'in alto una luce serale per i vetri rossastri e le spesse tendine, e l'odore dell'incenso e dei ceri impregnava tutt'intorno la buona frescura. Uscito, le cicale di nuovo e negli occhi, ma atroce ora, il barbaglio.

Fu questo armonium, questo ricco, pastoso, pingue d'anima eco d'armonium, il Galeotto della storia sua. Gli si intrecciò tutta, gli si abbarbicò subdola e vaga sulla claustrale tranquillità senza scatti dei preludi di Bach; fu tutta permeata e fasciata di accordi lunghi e di note. Egli si ricordava più tardi benissimo di quando aveva chiesto (e della sua voce!) agli amici: «Ma chi dunque suona così meravigliosamente l'armonium laggiù, ch'io non sapevo?» e come, dalla servente, in casa, si fosse sentito contare la sera, di Suor Maria, una francese, un'attrice che suonava e cantava, ora, al convento; e la storia che correva che si fosse fatta monaca la volta che «a Parigi» bruciandole intorno il teatro ella aveva fatto alla Madonna un voto se la salvava.

«E canta come un angelo. Vada a sentirla a benedizione, la sera». Era andato il giorno dopo, la sera, più sere, a sentirla cantare; c'era pieno, ci si moriva ora in chiesa tra il fumo dell'incenso ed il caldo dei fiati. Ma era bello, ti riposava il tripartito ritmo, come un largo respiro (e l'ora pro nobis come un interrogante sospiro a chiuderlo) delle litanie lente cantate; era bello, ti riposava ed a tratti che la porta s'apriva perché qualcuno od usciva od entrava veniva più largo di fuori, di là dalla piazza e si fondeva con esso l'altro ritmo monotonoondante del mare. Cantava nel Tantum ergo e qua e là in qualche laude. Cantava bene sì, con una voce educata e pura. Ma ci si sentiva come l'obbligo della melodia stilizzata ed egli per suo conto preferiva il vagabondare dell'armonium pregante da solo nella vuota chiesa di giorno. Era tornato spesso dunque all'armonium, tutti i giorni quasi nella frescura queta canora a l'ora che oramai conosceva e ci sognava pomeriggi interi. (Ci si trovava bene, la musica ed il luogo gli muovevano dentro tutto il suo più antico essere, gliel'esaltavano: sentimenti, paure vaghe scordate di lui bambino, mansuetudine religiosa della sua composta educazione famigliare, improvvisi gridi nell'anima inquieta del suo misticismo a diciott'anni… navigava, sognava cullato e si sorprese una volta uscendo a pensare «se tu fossi nato duecento anni fa e non avessi il cervello, come l'hai, impiastricciato di libri e di dubbi, tu saresti volentieri entrato in convento»).

Come l'aveva conosciuta e le aveva la prima volta parlato fu la cosa più semplice e naturale del mondo (anche di questo minutissimamente si ricordava). Conosceva il Cappellano al convento, (ne era amico: giovane scialbo, malato tisico forse). Un giorno entrato nella chiesuola in ritardo (l'armonium taceva) ecco nella penombra gli parve (lo era) ecco ad un altare, il cappellano intento a parare ed una monaca accanto, alta con un fascio di fiori fra le braccia, mazzo per mazzo ad offrirglieli. «Tu? Arrivi a tempo. Venivi per cosa?» la voce, rauca un poco, sonò strana nella vacuità sacra silente d'intorno. Esitò. Poi, come ascoltandosi e più piano poté: «Fan della musica spesso a quest'ora…» «Non c'è musica oggi» ed il prete aveva sorriso colle sue labbra smorte alla suora. «Ma arrivi a tempo». Il discorso continuava forte echeggiando come si fosse in piazza od in casa. Gli pareva di profanare. Ma l'altro: «Accostati dunque» e soffiava ed annaspava allungato nero con le braccia tese su sull'altare intorno al Santissimo, «Domani è la festa. E proprio ora mi s'ammala il sacrista. Come s'io fossi sano! Lassù vedi… bisogna ficcar questi fiori lassù. Tu sei alto, ci arrivi». S'era accostato aveva preso dalle mani della suora che lo porgeva un mazzo grande di rose gialle (gialle: si ricordava di tutto ciò e ch'eran rose gialle particolarmente). S'era appoggiato riguardoso all'altare, (la tovaglia bianca, trapunta! Gli pareva di macchiare, di guastare). S'era sforzato col braccio anche lui su ed aveva messo attento il mazzo fra l'argento scolpito di due candelabri ritti. «Così, continua così fino in fondo». Il prete si era appoggiato alla panca lì allato mormorando che faceva caldo, «ben caldo» e ch'era stanco. (La chiesa in verità era fresca). «Ma si segga, reverendo, allora» aveva detto la suora.

Il giovane aveva trasalito: era la voce del Tantum ergo alla benedizione. Non aveva quasi guardato, aveva obbedito un po' stordito nell'incerta penombra. Era alta, teneva con l'un braccio il fascio odoroso in un lembo rialzato di stoffa come se venisse allora dall'orto e stava un po' china col capo nell'atto intento del scegliere. (Aveva parlato ben puro, italiano). Come l'aveva rialzato, lenta, per dare ancor delle rose, le aveva visto gli occhi nel viso ovale grandi, maravigliati neri, ridenti. Egli aveva preso le rose esitando. Il prete s'era difatti seduto, accasciato, sopra la panca in un canto e guardando come a dirigere seguitava fra sé quasi gemendo a lamentarsi. La suora aveva sorriso cogli occhi a lui motteggianti; e qui era cominciata la scenetta gustosa delle citazioni spagnuole. Quanto spagnuolo le udì da allora recitare per burla! «Dicen que están las saludes mas flacas y que no son los tiempos pasados». Anche il prete come a malincuore aveva sorriso. Il giovane, qui improvvisamente, gettato un «Oh» meravigliato, aveva lui continuato guardando ora la suora, ora l'amico seduto «y este santo hombre desde tiempo era… Ma legge, dunque Santa Teresa in spagnuolo lei!» La suora s'era curvata sui fiori arrossendo. «Sì, legge Santa Teresa in spagnuolo, aveva borbottato o press'a poco il prete, – la suora. Io non la leggo, ma il passo su San Pietro d'Alcántara ch'era fatto di radici di alberi e che non dormiva da quarant'anni, quello lo so anch'io a memoria. Ci piglia gusto Suor Maria a rider di me in spagnuolo. Ed io dico che sì, la salute non è più quella ed i tempi nemmeno… Non so cosa sia… Non mi reggo più». «Ma, reverendo, io dicevo per tenerla allegra!» Suor Maria seguitava col viso porpora e china a rimuover qui, là nei suoi mazzi. Pareva non osasse più alzar gli occhi al giovane.

Il quale s'era invece ora d'un tratto come tolto di imbarazzo. Aveva cercato uno sgabello. «Ci vuole uno sgabello, qui, per far meglio. Paro io, paro io… Sta queto lì tu». Tolta la tovaglia svelto aveva preso fiori, era montato su a collocarli, rimosso ceri e statuette che pareva non avesse fatto altro mai (o fosse tornato bimbo quando si pavoneggiava in sacrestia col cottino bianco in collo ed il messale grande e pesante fra le braccia, pronto a servir la messa). La suora l'aiutava, consigliando, sorridente.

Ed ecco il cappellano allora assopirsi, la testa fra mano, sulla panca, inerte. Ma i due all'altare chiacchieravano rapidi come se si conoscesser da un pezzo. Conosceva sì Santa Teresa bene, ne aveva letta la Vida e le Moradas più volte. «Sono romanzi. Dei più bei romanzi» (l'aveva guardata maravigliato. La parola «romanzo» non è granché monacale). E lui era sapiente in ogni parte della teologia mistica, sapeva bene dei gradi dell'estasi, poteva discuterci su e citare da Santagostino a Maria Alacoque senza fine autori ed esempi. «O com'è dunque? Ne sa più di me!» Era, ecco tutto, che anche lui aveva trovato che i libri dei mistici sono i romanzi più belli. Ed il vagabondar del discorso li portò alla musica. «Non era la messa di papa Marcello ridotta, quella di ieri». «Era, sì, Palestrina». «Vengo qui tutti i giorni… (la suora di nuovo aveva arrossito ed abbassati gli occhi: «Lo so») da quando ho… scoperto questo suo armonium».

Pareva sì, che si conoscessero da un pezzo. Eran due giovani; incontratisi ora soltanto, ma con questo in comune ch'eran due giovani. Lui stava ora sull'altare seduto, le gambe giù penzoloni. Ella aveva anch'essa appoggiato se stessa e il suo fascio e stava un po' molle, il busto ed il viso fra i fiori inclinato. Sentivi sotto il severo dell'abito la giovinezza del corpo; ed il viso nella cornice bendata del bianco era sano, gli occhi ben vivi e la parola rapida e chiara. Aveva chiesto ad un tratto: «Ed han data bene la Carmen l'inverno passato?» Nuova meraviglia dell'altro: «Ma come, lei sa della Carmen? Conosce la Carmen lei?» «Ho visto a caso sul giornale di qui. L'ho intesa a Palermo or sono quattr'anni». E poiché il giovane allargava gli occhi e chiedeva ancora il come, poco a poco, pezzo a pezzo come un bimbo quando racconta, che s'imbroglia e ripiglia, raccontò ingenua la vita sua. E ch'era da tre anni in convento, che n'aveva ventuno ed era novizia da un anno. E che c'era entrata quando le era morto anche il babbo e che l'unica parente che avesse era una zia ch'era abbadessa nell'Ordine e che essa dunque l'aveva persuasa. – Il discorso era parecchio durato (era come se quel che di stilizzato disumano e lontano ch'è in una figura ammantata dall'abito sacro, si disciogliesse pian piano, si rimpolpasse di buona vita vicina, si rifacesse comprensibile e vivo) il discorso aveva durato parecchio ma poiché era senza scatti, monotono non rompendo il sonnecchiare spossato del prete metteva solo nella quete fresca dell'ombra come un discreto ronzio di cercanti api. Certo che di spirito non era una suora o non era come quest'altre antiche e famose ch'egli aveva studiate nei libri (mentr'ella parlava egli l'osservava pensando). Pareva avesse portato il mondo con sé, il convento non l'aveva ammollita. Non sentivi in lei né rimpianti né rassegnazione, come se non le avesse tolto niente o non le fosse penoso il star qui. Quasi, se avesse osato, gliel'avrebbe chiesto «ed è contenta ora qui?». Ma era inutile, diceva lei stessa che era contenta. Sopportava bene ogni cosa e la regola, perché era forte; eran del resto in poche in convento qui («non è come a Palermo!») e le volevano bene. Era stata la zia a farla mandare in questo paese per il noviziato e c'era quiete, e poteva far musica sempre… Quando il bisbiglio canoro della sua voce cessava, veniva di fuori il respiro sciabordante della calma marina o l'eco di qualche rapido passo sul selciato dinnanzi. Aveva svegliato il cappellano per chiedergli se andasse bene così («andava bene, benissimo». Aveva gli occhi sperduti e puntava tutte e due le mani alla panca nello sforzo d'alzarsi) e poi, com'era tardi e c'era non so che uffizio da dire, (avevan risteso insieme pigliandola ai bordi, la bianca tovaglia sopra l'altare. Eran rimasti petali e foglie qua e là sui gradini, ma Suor Maria scotendo l'abito ampio, lo batteva colla mano aperta, – piccola mano sul nero – dicendo «puliremo noi, puliremo noi, ora lasci, che basta») com'era tardi e la bisogna finita s'eran salutati. Egli aveva promesso che avrebbe portato un certo spartito a cui s'era accennato, di Bach, e come già s'era allontanato, d'un tratto voltandosi «Lo devo dare a Don Lindo?» «Sì a Don Lindo». Con bonaria petulanza, come a minacciare aveva aggiunto che sarebbe tornato a sentirla ed ella aveva riso cogli occhi come approvando. – Don Lindo aveva barcollato curvo verso una porticina a lato, tentando sveglio non bene forse («San Pietro d'Alcàntara… quarant'anni d'insonnia… i tempi sono mutati, sicuro che son mutati i tempi») tentando nel brontolamento anche lui di sorridere.

L'aveva conosciuta così l'anno prima. Non aveva detto della cosa a nessuno. Gli pareva un segreto. («Ma la clausura, diceva fra sé, non ha rotta così la clausura?» Forse no perché s'era in chiesa e non in convento e poi questa era una riforma recente dell'ordine e non ne conosceva le regole bene). E com'era intelligente e che cose fini gli aveva dette su Santa Teresa e sulla musica antica e com'era donna e vivace in mezzo a questo suo mondo zitto e composto, e com'era ingenua e bimba nel raccontare (e com'era bella! come dunque non veder ch'era bella!) Pensandoci, pian piano, quella sera aveva concluso il suo giudizio così: «È novizia, ha fatti i voti, ma non si rende ben conto di essere suora ancora. È lì come in collegio. Ha ventun'anni!» – E manco a dirlo due giorni appresso passata la festa era tornato col suo Bach al convento. Aveva cercato del Cappellano prima e poiché era fuori in affari, era entrato dunque aspettando in chiesa, dove l'armonium si spandeva queto di già. S'era seduto, un poco voltato verso la grata verde e la balaustra in alto, sulle ginocchia il cappello ed il rotolo. Ed era stato un'ora così. L'armonium provava ora una laude – (girar tratto tratto di fogli, tonfo di registri mutati, qua là qualche nota come per bene fissarla, cantata, tranquillo affaccendarsi di chi solo senza sospetto fa le sue cose intento) imparava. Poi s'era udito il rumore d'uno sgabello smosso, il fruscìo del solito passo ed il viso di Suora Maria fra le liste fitte incrociate. Egli aveva mostrato il rotolo e fatto segno che Don Lindo non c'era. Il viso alla grata era sparito: silenzio. S'era aperta poco dopo la porticina in un canto ed apparsa seria la suora. S'era alzato, s'era accostato, aveva porto il pacco, zitto. Ella lo aveva preso ed aperto lo aveva scorso con compiacenza curiosa e chiesto piano: «Posso tenerlo?» «Quanto vuole» «Lo ridarò a Don Lindo. Grazie» aveva salutato cennando ed era rientrata rapida. Il domani l'armonium tentava qua e là sereno e profondo il Natale di Bach.

Fu l'armonium e questo frequente prestare di musica a far da Galeotto. Fu l'armonium l'estate dell'anno innanzi. – L'inverno l'aveva passato mezzo via in città per istudi ed affari; ci furono delle pause e delle riprese d'in quando; tutto tutto non si ricordava; ci furono delle cose che certo incoscientemente lo avevan legato a lei (e lei a lui), ch'egli ora non poteva riordinarsi e specificarsi dinnanzi; certo ci furono delle cose da nulla che gli sfuggirono quando le fece (ed anche in gran parte quando poi ci pensò), che prepararono dentro di lui poco a poco ciò che da ultimo accadde. E la più strana (e più forte) certo fu questo suo ostinarsi (chissà perché? né c'era ragione allora di farlo), questo suo capriccio di non parlar di tutto ciò mai con nessuno, nemmeno ai più intimi amici. Fu, ch'egli, senza volere, s'era dentro creata come una nicchia di segreto romantico dove ci stava in un religioso ondeggiamento d'armonium una figura di giovane monaca da nessuno conosciuta e solo da lui. – L'inverno e la primavera li aveva passati mezzi in città, lontano, mezzi su ai poderi in vallata; andava, tornava, era infine occupato. Ma quando tornava e restava una settimana in paese, il pomeriggio lo passava nella chiesa al convento ed era come a dire di casa. La chiesa era vuota. Quando la suora si accorgeva di lui gli sorrideva passando di lassù dalla grata; gli faceva festa col viso e gli occhi come a dir «ben tornato». S'egli aveva trovato dal libraio in città musica nuova (musica vecchianuova; un'edizione recente della Passione di S. Matteo; un Händel bello; un brano di Monteverde. Le portò una volta il «Lasciatemi morire» dell'Arianna di Monteverde tutto angosciata passione d'amore – e cos'ha fatto l'opera italiana di meglio di poi? – e sorrideva tra sé come di un tiro che le avesse giocato e di una innocente bizzarria. Ma ella lo cantò e lo suonò nella chiesa meravigliosamente con una sua certa incosciente infantile ingenuità che profanazione non c'era); se aveva trovata musica nuova la passava a Don Lindo. Ed attraverso Don Lindo, ed attraverso gli spartiti passati, una curiosa amicizia (di lei in convento e di lui libero fuori; amicizia tutta riguardose delicatezze quasi fanciullesche, fatta di cento cosette tollerateproibite, ma infine ingenua ed onesta), s'era pian piano stretta fra i due.

Tornato tuttavia il giugno di nuovo, la cosa, un po' strana, gli pigliò dentro l'aspetto vago di un sogno a cui egli cedesse nel torpore della estiva calura. Egli aveva trovato ora un buon posticino nell'angolo tra il muro bianco di calce ed il confessionale scolpito, vi si rincantucciava assorto ogni giorno con gli occhi su al tremare verde della grata nell'ombra sognando veramente. Si lasciava cullare, non seguiva più il morbido intreccio degli accordi sonori (nemmeno il passo di Suor Maria, quando se n'andava, valeva talvolta a destarlo; – un giorno si scosse che i grandi occhi di lei di fra le bende bianche tirate lo fissavano meravigliati, da quanto?) ed era come se la melodia lo portasse, lo cullasse, egli ondeggiasse in un mare molle di pace, in una vaga estatica esaltazione. La quale ora (ci sono negli uomini che vivon sui nervi degli improvvisi rimutamenti quasi carnali, come rivoluzioni, intensificazioni, inaspettati lavacri nella stessa fisica sostanza del corpo. Rivoluzioni, acutizzamenti, novità improvvise, nella tua sensibilità di cui non c'è ragione che spieghi); la quale ora permaneva in lui come un'eco anche se uscito di chiesa; quasi passava, si propagava per concentriche onde da lui, gli pareva, intorno tutt'intorno alle cose. Ed egli s'abbandonava, egli affondava in questa indecisa sottile nebbia (vaga) di note a cui ti si riduce dentro la vita e il sentire se troppo a lungo ti nutri di musica. La musica a lungo, se non t'arrobustisci di più quadro, di più sostanzioso pensiero, ti sfiacca e t'effemina (ti scioglie), quasi come un magico filtro, ti sfa la tua anima dentro. Certo che ti sfa e t'effemina; certo che come un'animata magia t'invade e dentro ti muta ogni legge e il volere. Perché muta i geometrici rapporti delle cose, le sfalda nell'impalpabile ritmo (le scioglie); perché sostituisce alla precisione del netto concetto, l'ondeggiamento della molle intuizione perché t'affonda di là dal mondo delle rigide forme e della tradizione consueta nell'umido fumigante mistero del Caos. Dico che il mondo della musica non è (non è!) quest'altro delle restanti arti e del consueto pensiero. (C'è l'abisso di mezzo). Dico che sempre la musica (più, meno. Vi è una musicamusica; e vi son contraffazioni poetiche, pittoriche, drammatiche, le musiche commento etc.) sempre ti fa sprofondare, che so io, di là dell'essere sodo come sprofondi nel sogno chi sa dove, (chissà dove!) in regioni dello spirito ignote; di là dalla Storia e dall'Ade. Dico che sempre, dico che se tu batti nel silenzio una sola nota di basso al tuo piano od un accordo e li ascolti echeggiare, lunghi, profondi, qualcosa si rimuove in te che non è la imagine chiara od il definito pensiero. Qualcosa che tu chiami sentimento, che è dunque nella embrionale indecisione dell'essere tuo il misterioso richiamo ad un mondo non nostro oscuramente incerto e lontano. Dico ch'io ho paura, che un'ansia vaga mi piglia dinnanzi alla musica vostra, come s'io assistessi alle notturne invocazioni di un necromante potente. Ora tu evochi, sì, ora lo spazio tutt'intorno ti si riempie in folla e in tumulto di demoni osceni, e potrai tu imbrigliarli ora? e potrai tu comandarli? e non si getteranno rapaci in infernale ridda su me inerme e su te? Dico ch'io ho paura, che questo non è il mondo di cui la tradizione si fa e la legittima legge; che tu non l'imbriglierai; che tu l'evochi e non l'imbriglierai; che invaderà, si verserà fiottando sulla tua anima chiara e la discioglierà smemorata come per un magico filtro. Dico, che come bimbi incoscienti giocherellate ai bordi di un vasto mistero, vi fate un titillo e un solletico di una mostruosa ignota malìa, ma che io m'aggrappo a questa dura chiarezza, alla tradizional geometria, dov'è il giure, dov'è la travata impalcatura della coscienza morale e che non avete il diritto di turbarmi, di infiacchirmi, angosciarmi, di togliermi la padronanza di me, colla musica vostra.

Gli pareva ora insomma che una larga ondata di lirico vibrare esultasse per entro la stessa opaca durezza del materiale mondo. Il mondo pigliava un'anima, i morti oggetti vivevano, la vita di tutti i giorni cantava spritualizzata come se il sogno la dilatasse esaltandola:

Souvent dans l'être obscur habite un Dieu caché;

Et, comme un œil naissant couvert par ses paupières,

Un pur esprit s'accroît sous l'écorce des pierres.

Egli ripeteva a sé piano il sonetto di Gérard de Nerval come se gli esprimesse a pieno questa sua specie nuova di ebbrezza. E veramente che le cose son vive, veramente ch'eran più e diverse da quel che parevano: avevano nascosti significati (rilesse come ad eccitare la sua stessa eccitazione i suoi occultisti e le cabale a lungo un tempo per curiosità studiati, rilesse Leone Hebreo, i frammenti di Pitagora e Dante, tuttociò che gli moltiplicasse per fantastiche suggestioni la vita del mondo), eran come geroglifici e cifre. – Non pensava ciò partitamente credendoci, ma era come in una sconfinante ricchezza, come in un gorgogliante abbondare di sentimento su ad invadergli la netta intelligenza, a popolargli di vita gli oggetti e le più consuete cose. (Amava star solo, ma se capitava maravigliava gli amici in quei giorni con la stranezza imaginosa del suo conversare; sostenne ad esempio che v'era tutta una bizzarra tragedia dietro una semplice lite d'affari che occupava allora tutte le chiacchierazioni in città; ricostrusse come su indizi la più straordinaria orditura di mistero e di agitate passioni sotto un'assai liscia superficie di pettegolezzo comune, e la gente quasi credette. Fu allora che bollò di nomignoli mezzo il paese, così giusti, così bizzarramente veri che la più parte restarono e fu allora ancora che scoperse un dimonio in un certo floscio e gialliccio venditore di polli al mercato e fece tanto colpo la cosa che si diffuse la leggenda per tutto e le donnette credettero e credono). Egli s'eccitava, la fantasia gli fumigava; come in un soffice dilatarsi, nell'aereo cavo, di nubi, le forme e le idee gli si penetravano l'una coll'altra nell'anima libera. Il mondo s'arricchiva, il mondo tripudiava abbondante e più vasto al di là della geometricità definita. Veramente, veramente che al di là dei colorati contorni gli s'allargava musicalmente popolato un mistero come s'allarga sconfinante e rifratto un suono nell'eco. – Ogni giorno ascoltava in chiesa l'armonium, un po' come avrebbe fumato dell'hashisch o dell'oppio. Non avrebbe saputo una sola volta mancare, come ad un rito obbligatorio e per una magica costrizione. Ma a poco a poco (cominciò qui l'avventura) come accorgendosi del meccanismo abitudinario che s'era formato in lui sentì quasi vergogna. Entrava in chiesa alla chetichella come nascondendosi per lunghi giri, invece che per la strada diritta. Ed una volta, entrato che fu non osò avanzare: la balaustrata dell'organo essendo sopra la porta a far tetto non osò oltrepassarla e cercare come sempre il suo cantuccio di contro alla grata a vedere. Restò lì appoggiato nell'ombra. Ma nell'ombra tutta ondosa di vocale sospiro –, strano, gli si figurarono in allucinato barbaglio or vaghi, or vivi, or maravigliati, ora quasi in corruccio gli occhi di Suor Maria come l'avevan guardato quel giorno che s'era destato improvviso. E quando il rumore s'udì di lei che s'alzava (sostò un poco come soleva e più, forse, prima d'andare. Gli parve d'indovinare che traverso la grata il suo sguardo cercasse la chiesa) – strano di nuovo! – gli batteva forte il cuore. «Cos'era ciò dunque?» – Passare il limite della balaustrata dell'organo, fu dopo questa volta un insuperabile sforzo. Quando lo tentò e rivide il capo bendato consueto ed un poco del busto ad un certo momento emergendo avanzare verso la grata d'un tratto, si turbò e chinò gli occhi. Anch'ella passò rapida via. Entrava dunque ora zitto accompagnando con la mano il battente e come temendo. Ma se l'armonium taceva, un cigolio, uno scricchiolio della sedia o del passo, talvolta il respiro si moveva sottile nel vano e di lassù, – pareva che ella fosse tutt'intenta a lui se veniva, – di lassù come a soffocare, come a nascondere (quasi un rossore che tu voglia celare), un po' a caso ripigliavan gli accordi. Che non eran più composti e chiesastici ora: erano a strappi, (tentarono una volta ancora come un ricordo che torni, come in sordina, il Lasciatemi morire!), eran rotti ad un tratto od improvvisamente cercanti, (non più con riposata attesa come in quel primo meriggio lontano che li aveva piano ascoltati) ma quasi con angoscia, con agitazione angosciata e con ansia. Erano improvvisazioni vagabondanti e imprecise impazienze di scatti e tentare. Di notamente classico non le udì più eseguire intera e com'è (ma accorata, ma come se v'aggiungesse, vi sovrapponesse, vi mescolasse per echi sforzando un travaglioso dolore suo proprio ed un disperato pregare: come se tentasse di quetarsi con Bach, e la passione fuori tuttavia le facesse violenza) non le udì più che la magnifica (magnifica!) invocazione dell'Actus tragicus: in manus tuas commendo. «Nelle tue mani rimetto l'anima mia o Signore» dove senti il Signore, dove senti il Cristo atteso, sospirato, propriamente venire e l'anima trepida come con tremule braccia accoglierlo. (Che maraviglioso, che profondo, che vario poeta del Cristo fu Bach!)

La voce accompagnava qui larga, intensa come se il cuore la spingesse alla bocca (come se fosse il cuore a parlare) la musica ampia di note: («Signore, o Signore, nelle tue mani rimetto…!») e fu questa volta ch'egli sentì giù per le guancie improvviso l'umidore del pianto e tutto il corpo da ultimo in un sussulto di brividi. Questo Actus tragicus una sol volta eseguì d'intero e parecchie altre, come una cosa che piace ed a pieno t'esprime, la difficilissima Fantasia cromatica tutta fughe, tutta scatti ed intrecci, velata qui un po' dalla pastosa continuità dell'armonium, dove l'antica compostezza bachiana e la quieta discreta meditazione claustrale paion presentire la rotta angoscia moderna, paion come una calma marina incresparsi qua e là di raffiche a tratti e del negrore denso vagante di procellose nubi. Rapidi, agili giochi di note dove quasi si confessa, dove senti un corruccio, un complesso travaglio che affiora gemente qua e là.

Ma un giorno l'armonium stette zitto del tutto: egli attese a lungo; uscì ch'era il tramonto. Tornò il giorno dopo: vagabondare di nuovo di note, un recitativo del Natale, ch'ella aveva ancora, come a studiarlo, e poi ad un tratto dopo un silenzio, un precipitato motivo e quasi lo strumento forzasse il suo naturale respiro, una nota acuta insistente. Si scosse, si scosse; l'armonium di nuovo parlava; come quando aveva detto chiaro e vivo «Domine aperies» l'armonium parlava. Sentivi l'anima limpida di una cosa voluta dire, detta, gridata... era un grido, un grido umano d'aiuto. Rumore secco, di sopra il suo capo, dello sgabello rovesciato sul tavolato sonoro e passi precipitosi in fuga. Egli ricadde smarrito.

...Quand'egli il domani come un automa arrivò incerto guatando, la chiesa era vuota zitta. Anche il dopo dimani, entrato, silenzio. Ma gli si fece incontro la figura spaurita del cappellano, cereo, curvo, come a far festa, come a dire qualcosa che non bene capì. Parlava a mezza voce ora, quasi si ricordasse di essere in chiesa e lo spinse fuori di nuovo al chiaro del sole e diceva del tempo e del caldo, rapido, presto, senza guardarlo. Alzò gli occhi a lui di sfuggita, chiedendogli a un tratto: «Tu vieni qui sempre?» ma subito li abbassò come a nasconder qualcosa o non osando, impacciato, dir altro. Continuò a balbettare del tempo e del caldo e a dir ch'era stanco. – Il giovane rimase turbato. Lasciato il prete tentò di mettere ordine in sé. Non capiva, non si capiva, come se avvenisse qualcosa in lui a cui non avesse parte. Come se il mistero d'al di là delle cose fosse calato subdolo in lui e non ne fosse padrone («Ma cos'è dunque che avviene?») La sua volontà e la sua intelligenza operavano accanto, fuori di questo qualcosa; eran nette e pronte per ogni necessità e i casi occorrenti, ma non penetravano qui. Come non sapessero, come non ci avessero a fare («Ma cos'è dunque che avviene?») Pigliò il mattino dopo la prima diligenza partente e salì su in vallata quattr'ore distante ai suoi terreni di ulivi. Ci restò una settimana. Rivide i conti al fattore, che non l'aspettava; s'occupò del fieno che giù a dorso di mulo tutto il giorno scendevan gli uomini dai prati arsi sui monti, (aiutò a installare, a stipare nei vani il fieno odoroso e pungente, vi tuffò il viso e le mani, vi si affondò dentro sdraiato come quando da bimbo lo zio, proprio lì, gli gridava: «Ma togliti dunque, che lo pesti e lo sporchi e le bestie non me lo vogliono più!») S'occupò d'un muro ch'era caduto, della vasca dell'acqua che bisognava cementare di nuovo, dell'aratura che era già innanzi bene e d'un certo orto che avrebbe voluto comprare. Tuttociò lucido, queto, come uno a cui tu abbia dato un comando o faccia indifferente il tuo affare. La sera che tornò, stordito un po' dal traballar sgangherato della vecchia carrozza e con ancora lo scalpito uguale dei due cavalli ed il tinnire argentino delle sonagliere negli orecchi confuso, a cena, udì la servente mentre andava e tornava coi piatti, raccontare alla madre che alle «Carmelitane» era cominciata la novena (non intese bene di che) e che ci davan tutti i pomeriggi la benedizione dopo il rosario e che «l'attrice» certo era malata perché non la si sentiva cantare. – Non osò andarvi da solo. Ci trascinò l'«anarchico» due giorni dopo ed entrò bene innanzi, su fra le donnette alle panche, quasi pensasse di voltarsi poi, di voltarsi a guardare alla grata. Ma non si voltò. Stette cogli occhi fissi, legati, innanzi, all'altare e non si voltò. Trasalì d'un tratto ad una certa laude: era la sua voce? non era? Si levava in mezzo all'altre solo al finir della strofe, quasi per aiutare, ma come più timida, come se temesse ed insieme volesse disperdersi. La servente la sera riparlò dell'attrice e che l'aveva ora benissimo udita e che dunque non era malata.

Cominciò per il giovane un'agitazione dolorosa; soffriva anche fisicamente, aveva confuso e pien di soffi il cervello come quando dormi male nel sogno, (come contro un incubo quando ti sforzi). Stabilì col wagneriano amico che avrebbero fatte insieme certe traduzioni dal tedesco progettate altra volta. Tradusse meccanicamente per dieci giorni, tutti i giorni, a l'ora del vespro laggiù al convento, con accanto l'amico a cercar inquieto nel dizionario parole; [e s'accostava tratto tratto alla finestra; eran in una soffitta in alto piena di libri a cataste e di mobili vecchi; ma l'amico che l'aveva ottenuta dal padre dopo molto litigio – aveva ottenuto in trionfo di star finalmente da solo in soffitta, di star su sopra tutti: «son giù gli altri», calcava col piede sdegnoso, «son giù tutti – quasi fosser moralmente più giù – i conigli arrabbiati. E ci stiano!» – l'amico s'accostava tratto tratto alla finestra quadra e piccina a dire entusiasta: «Ma guarda, ma guarda!» come un re che mostri il nuovo suo regno. C'era, d'innanzi, lo sghembo tumulto dei tetti rossi o d'ardesia con su, torreggiante, la gran massa bianca della Collegiata in alto e i suoi due campanili quadri pesanti come a difesa; da un lato a destra, i dorsi lieviargentati dei colli d'olivi sconfinavano, svanivano l'un dietro l'altro dolcissimi verso ponente (e, su, l'infinità trasparente dell'arioso cielo); dall'altro, di là dai tetti, la punta ferrigna nel bleu del molo più lungo e la stesa uguale del mare con qualche freccia movente di vela] con accanto l'amico a cercar rapido nel dizionario o a discutere frasi. Per dieci giorni. Ma l'undecimo giorno persuase l'amico ad uscire con lui e così passeggiando arrivarono piano al convento. Il quale era mascherato sulla piazza a mare dalla facciata della dipinta chiesuola e si stendeva dietro, incuneato nascosto fra la salita murata al Monte, le masse verdifolte dei cipressi e dei pini, e, in alto, di certi gran lecci neri d'un confinante vecchio giardino. La chiesa era zitta, non dicevan più vespro: essi costeggiarono lenti il parapetto a sinistra della strada che s'allargava qui sul mare in chiazzuolo, a terrazza, dove fra il selciato nell'angolo rompeva in aiuola il mostruosamente carnoso fogliame (puntuto) di un grande cespuglio di cacti, con su due steli nudi enormi contro l'intensa nettezza del mare e del cielo: e guardavan giù, passando, sulla spiaggia ghiaiosa l'onda queta e dolce frangersi al sole. L'amico chiacchierava ironico dell'ultima furia borghese di suo padre il panciuto, ed egli pareva ridente, tutto a lui, ascoltare. – Ora, quasi tutti i pomeriggi a l'ora che prima soleva, passava per qui dondoloni, spesso coll'amico, qualche volta da solo come per una giterella consueta. All'altezza della chiesa si faceva muto, attento a qualcosa: ripigliava a parlare al di là della piazza guardando in alto da un lato ai lecci e ai cipressi. Ma una segreta vergogna lo torceva dentro per questa specie d'inganno, per questa doppiezza nascosta accanto all'amico ignaroparlante delle comuni lor cose. Avrebbe voluto dire, liberarsi, dire infine ogni cosa. Che, dire? Che, cosa? Ma di che dunque infine liberarsi che non bene sapeva? Di che, di che, di che?

Un giorno ch'era solo ecco l'armonium smorzato come un'eco, profondo. Balzò su, passò entrando il tetto del palco sopra la porta, quasi non vedendo arrivò in mezzo alla chiesa e urtò nelle panche ansimante. L'armonium interruppe e precipite apparve alla grata bianco nera la monaca. Si guardarono avidi, confusi, un istante. Ella passò via smarrita, quasi fuggì urtando rumorosa qualcosa. Egli restò appoggiato così, come non capendo. – Ma dalla porticina a lato uscì cauto il prete, quasi fosse lì in attesa, che s'accostò e presolo per mano lo condusse fuori zitto questa volta come fosse più fermo e deciso. Fuori, parve non osare di nuovo: lo guardò gli chiese come a caso qualcosa, s'ingarbugliò, disse del tempo e cominciò una specie di lezione, come un imparaticcio scordato, sul voto, sulla santità del voto, sul voto, sul voto. Non venne fuori di chiaro che questo, ch'egli si sentiva troppo giovane e troppo malato per governare un convento (e di donne) anche ridotto e pacifico come questo in cui officiava. Il giovane ritrovò se stesso, si padroneggiò sicuro come t'avviene anche se sei in torto se uno di te più debole t'abborda e s'imbroglia. Riconobbe che doveva esser difficile, sì, governare un convento e che il voto era certo una santa e terribile cosa. Lo lasciò, complimentoso e smarrito, battendogli la spalla ed amicamente consigliandolo di starsene finalmente un poco a riposo e di badare alla salute. Ma non tornò più.

Ora vedeva cos'era. Era una pazzia; si rimproverò dentro, si incolpò rude. Si fece forza, come a svegliarsi, riprese la traduzione tedesca, si mescolò d'affari e di liti. E come un giorno sua madre (si occupava di beneficenza, era «patronessa» etc.) gli diede un involto e una busta per la superiora al convento, esitò. «Chiedi di lei. Le dirai…» Prese busta ed involto ed andò. Non era turbato; le pazzie son pazzie e bisogna pure svegliarsi. Il sacrestano, una specie di ebete bruto, curvo sporco grinzoso colla barba d'un mese ed al collo un collare sconcio da prete, lo introdusse in parlatorio e gli disse, incerto, d'attendere. Stava ritto con le spalle all'inferriata a gran quadri, il pacco e la busta sul davanzale sporgente e l'occhio ad una testa di santo bronzato, come affondata nell'oscuro oleoso del vecchio dipinto (tutto intorno era il biancore nudo dei muri ed il silenzio tombale), quando entrò qualcuno, lieve di là dai ferri incrociati. Si voltò come a salutare la mano all'involto… Suor Maria alta nel vano! S'arrestò parve volersi gettare indietro di nuovo… Poi avanzò decisa, zitta fino alla grata. Era pallida gli occhi cerchiati e lucenti, le linee del viso contratte. Disse guardandolo a mezza voce: «Ho ancora il suo Bach…» come quando cerchi di comprimere l'agitazione dentro e parli, così per parlare.

Una improvvisa chiarezza si fece nel giovane. Non fu turbato. Pensò rapidissimo, calcolò freddo distinto, scordando (o gli parve) completamente se stesso, come per una cosa obiettiva; e ritrovò la domanda che non aveva fatta l'anno prima, la volta che s'eran parlati. Chiese lento, fermo e fissandola: «È contenta lei qui?» Qualcosa di simile doveva succedere anche nell'animo della suora dinnanzi, perché non arrossì, non si mosse, guardò anch'ella più intensa e rispose forte: «Ho fatto i voti…» «E non si possono sciogliere?» «… e non ho nessuno fuori».

Un passo nell'eco leggera delle stanze vuote, misurato s'avvicinava. Suor Maria si voltò senza saluto, scivolò lenta, zitta via. Entrava tonda, gli occhi piccoli buoni, ma come inquieti in sospetto, la mano paffuta al rosario pendente, la superiora avvisata. «C'era qualcuno qui?» e guatava turbata. «È passata una suora» rispose il giovane e s'inchinò… «mia madre mi manda con questo e con una lettera. Dice…»

Qualcosa di risoluto gli restò dentro. La pazzia era guarita assolutamente. Qui lo interessava, diceva, obiettivamente una creatura. Lui non c'entrava. Ma qualcosa di grave qui certo andava succedendo… Qualcuno soffriva qui a cui era giusto pensare. – Cercò del suo vecchio prete dei bimbi per dirgli, per esporgli, per dirgli. Ma si ricordò ad un tratto che appunto il prete dei bimbi era confessore al convento, (l'aveva a caso saputo) e che l'aveva visto questi giorni addietro col cappellano suo amico, per via. Esitò. La pazzia era in tutti i casi passata bene, bene passata. E gli affari, la lite, le faccende sue di casa l'occupavan parecchio. Una sera tuttavia che l'incontrò fuori paese tornando, cominciò anche lui come il cappellano un discorso non troppo chiaro sui voti, sulla possibilità di rompere i voti, e se i voti, se i voti...

Il vecchio lo lasciò dire, sorridente facendo un po' curvo i suoi passi innanzi, lento, per la strada sassosa appoggiato al bastone. Poi come riassumendo: «Ci son voti perpetui indissolvibili e voti triennali di noviziato, a parte ecclesiae, solvibili... Ma di cosa ti mescoli ora tu...?» Ed alzò gli occhi cilestri a lui col viso placido e buono, ma serio. «Già di che cosa mi mescolo io ora!» Trovò dentro sé, ch'era giusto il velato rimprovero, mutò discorso e ripensandoci poi si disse che se il buon uomo si occupava lui della cosa, bisognava starsene queti e non c'era di meglio da fare. Che del resto la «pazzia» era ben passata, sì, era lontana bene.

Senonché salendo al Monte una settimana dopo eccoti a caso il sacrestano bisunto, come quando uno ti cerca e t'incontra per via, farglisi incontro a borbottare, a mugolare che il cappellano era malato e che Suor Maria, Suor Maria (e cercava nel panciotto col dito), gli aveva dato un biglietto e che sarebbe venuto a portarglielo se non l'avesse ora veduto, e ch'era certo per la sua musica d'organo. Il biglietto era un mezzo foglio mal ripiegato, più volte, senza la busta. Lo pigliò un po' stupito, vi gettò gli occhi: «Ve l'ha dato lei?» «Sì, sì, lei Suor Maria, per la musica». «Quando?» «Mezz'ora fa, sì, per la musica certo». Pensò un momento con corrugata la fronte: «Ditele che va bene» e proseguì.

«Il sagrestano non sa leggere. Ma cosa succede cosa succede qui?» Ora il turbamento e la pazzia lo ripigliavano. Gli fischiavan le orecchie, e gli occhi gli si annebbiavano. S'appoggiò al muro e rilesse; insomma gli diceva, due righe, di trovarsi in chiesa la notte alle dieci che aveva da dirgli qualcosa. «Qualcosa? In chiesa? Alle dieci di notte? E che fosse uno scherzo? Uno sbaglio? Ma no, era così senza dubbio». Si compresse, cercò di pensare, decise: «Non vado» e parve sollevato. – Ma dopo cena (gli sembrava d'essere calmo), un altro giro di idee gli nacque dentro. «Insomma che la cosa è semplice. Cosa guasto io se ci vado? Ha bisogno di dirmi qualcosa; è sorvegliata, è costretta a sceglier la notte e la chiesa: Non ho nessuno fuori. Conosce me; è una disgraziata, pena, ha bisogno di me. Son così debole dunque da non poter vincere dei pregiudizi e delle apparenze?» Si aggirava per le strade lungo il mare, non lontano dal convento, discuteva fra sé, non era deciso. Quando suonarono le dieci (non c'era sulla piazza un'anima; lumi queti di fanali qua e là; la marina sciabordava lì presso ed un lento sottile canto di grilli si lamentava stridendo nella tepida notte) egli si trovò ai piedi della gradinata larga dinnanzi alla chiesa. Sorrise fra sé: «la porta è chiusa! È uno sbaglio». Salì: tentò il battente dubbioso, piano… cedette! Restò indeciso, stupito. Ma come gli parve d'intendere un passo per la strada venire, ed un gialliccio riverbero di acceso fanale s'allungava per la gradinata su fino a lui (gli parve lo toccasse crudo alla schiena, lo seguisse insistente), di scatto entrò come spinto, come a nascondersi: e rinchiuse. Buio. Due, tre fiammelle rosse fumanti qua e là forse agli altari. Con voce di soffio fece: «Suora» attendendo in ascolto. Rimase ritto nella tenebra un po', poi risoluto a tastoni cercò il muro e dirigendosi, i piedi innanzi riguardosi tentanti, press'a poco all'altezza della porticina laterale che dava al convento, trovò una panca; pian piano senza far rumore sedette. Tuttociò meccanicamente, intento alle mani sue tese, brancolanti vaghe come se il tatto solo fosse vivo in lui. Ma seduto che fu e riaperti gli occhi come qualche ombra nel denso cominciava a disegnarsi e ritrovava, indovinava presso a poco la disposizione delle cose nella navata: il vano degli altari, il pulpito contro a lui e i confessionali qua e là quasi un lievissimo riflesso delle tre fiammelle rossastre filtrasse lento nell'oscurità vuota, ripigliò coscienza. Come un brivido di paura gli passò per l'anima. Le ombre indecise gli fumeggiarono innanzi molli confuse; una torbida folata di vaghe forme gli ondeggiò intorno a guardarlo, zitta. I demoni osceni delle sue Cabale occulte, gli spaventi ed i favolosi spettri, le soffocazioni e gli incubi di quand'era piccino (come gli si dissotterrassero nella incerta memoria), l'indecisa vita del buio, il soffio freddo della morte, l'ansioso mistero zitto della notte, i brividi, i brividi e gli occhi sbarrati… Ma si dominò; questa era una fila di panche; là c'era l'altra; questi i confessionali; lassù quello era il pulpito e quelli gli altari. Gli parve nel vano dell'altare a sinistra, di là dalla balaustra di marmo di distinguere, nera, la porticina al convento. – Dietro a lui in fondo alla porta per cui era entrato, il battente come se ci fosse qualcuno, ad un tratto fruscò. Si voltò scattando, mozzo il respiro. Era la brezza certo: aveva di due dita socchiuso il battente. Ma per la fessura immobile filtrava netta ora, riverbero del fanale di fuori, una lista gialliccia di luce. Come a spiare; come ad accusare; come ad inseguire dietro lui petulante cruda, ferendo. Sentì il sangue alle gote, sentì salirgli, su, la vergogna proprio come se qualcuno lo stesse accusando. E dentro, come dinnanzi ad un giudice ritto, ansiosa la voce sua a scolparsi, (la udiva stordente insistente, come quando non pensi più e ripeti frettoloso nell'ansia, meccanico) «Non faccio male! Non faccio male! Non son qui per far male!»

Ma qualcosa pensava invece in lui (in una parte calma di lui), freddamente. «Tu non credi. Tu hai i tuoi dubbi e non credi. Tu hai i tuoi umani diritti e non credi. Ma qui dove tu sei c'è sacro. Perché tua madre crede, perché tuo padre, i tuoi nonni hanno creduto, perché tutt'intorno i milioni di vivi credono ed i milioni di morti, base del mondo, hanno sostanziosamente creduto. Qui c'è sacro. Nasce da qui, da queste cose la tua stessa vita più fonda. La più fonda vita del mondo si districa da qui, poggia qui, si nutre di qui: qui lo spirito che tu manipoli e dici chiaro ora, s'è dilatato effettivo, s'è tormentato sulla carnosità dolorosa del mito; forse ha vissuto, vive forse più intenso. C'è sacro qui, c'è sacro anche per te e tu calpesti... e tu sei qui che profani». Stava accasciato sulla sua panca, come spesso in passato quando tutto l'occupava l'imagine del Dio della Bibbia. Quando credeva e Dio gli pareva intorno a lui vasto, sopra di lui terribile. Quando credeva... e come se ora ancora credesse. Forse che anche ora credeva. Forse che intorno a lui ora, come questo vivo mistico buio, si stendeva pauroso l'antico iddio. Stava vergognoso, sperduto, umiliato. – Ma come gli parve d'udire uno scricchiolio lieve avanzare di là dal nero nel vano dell'altare a sinistra, si scosse, si rizzò contrasse adunche contro a sé le mani, qualcosa di demoniaco gli passò balenando pel corpo, come una bieca ribelle voluttà di peccare, di profanare, di rompere. E fu un attimo. Cigolò la porticina nel muro: un'ombra avanzò. Dentro, la voce come disperata seguitava insistente: «Non son qui per far male; non son qui per far male!» L'ombra esitò; come un soffio smorzato chiese: «È qui signor B...?» «Son qui». S'alzò pronto verso la balaustra: anche l'ombra avanzò, s'appoggiò. Non respiravano. «Le ho scritto... ma ero pazza!» «Voleva cosa? Perché?» «Son pazza... ma non posso rimaner in convento più. Non posso. Non ho nessuno fuori. Le ho scritto... perché m'aiutasse». «Ma, ne ha parlato a qualcuno, alla superiora, alla madre di lì?» «Ne ho parlato...» «Al Santo?» «A chi?» «Al prete dei bimbi. Mi ha detto che i voti triennali si possono sciogliere». «Ne ho parlato sì. Dicono che è il dimonio e che son tentazioni. Che bisogna vincersi. Ora mi sorvegliano. Mi fan la guardia sempre… Mi puniscono. Il giorno che ho visto lei in parlatorio… Infine veda dove mi son ridotta a parlarle…» E poi come smarrita, tra sé, staccandosi come se volesse fuggire: «Cosa ho fatto; cosa ho fatto!» «Infine, ora ci siamo, si fermi; in cosa pensa ch'io possa servirle?» S'accostò ancora, s'appoggiò come se pensasse. Egli movendo sentì calda sul marmo la mano di lei puntata e la tenne, come a farle coraggio. Ella pareva non accorgersi, esitava pensando. «Non so… veramente non so». C'era del pianto nel suo soffio di voce. «Sua zia… non m'ha detto d'avere una zia?» «Forse l'han informata di già… Mi farà mutar di convento. Han paura di scandalo. Mi chiuderanno in cella». Il giovane ebbe un tuffo dentro; strinse accorato sul marmo la mano puntata. Ella ebbe un sussulto, si strappò indietro, disse ancora: «Cosa ho fatto, cosa ho fatto!» gemendo. Il giovane si riprese: fermo e chiaro disse parlando ritto nel buio a lei che quasi non vedeva: «Senta, si faccia coraggio». Gli pareva in questo vago sogno come di trarre parlando le cose alla soda realtà. «Tuttociò non è consueto. Qui io direttamente non ci posso niente. Ma se lei soffre… Penserò cosa c'è da fare. Dice di non aver nessuno al mondo. Ma ci son degli onesti ancora. Potremo aiutarla». «Aiutarmi?» «Sì… parlerò… Non è giusto… Non so dirle ancora preciso. Lei si confidi ancora col prete dei bimbi. Non è direttore qui?» «Sì… ma mi faran mutare convento, ecco tutto». «E se s'accorgesse di questo, m'avvisi ancora. Il sacrestano è sicuro». «Non più, non più qui!» ansimò spaventata. «Non più qui… è meglio» assentì il giovane e voleva dire ancora, ma s'arrestò d'un tratto. - «Perché», chiese turbato, parola a parola, rotto il respiro, «perché… si è decisa ora a questo? Sol ora?» Un balbettamento incerto, un singhiozzo nel vano; d'improvviso l'ombra urtando fuggì.

Sentì un fruscìo allontanarsi, morire nell'eco. Restò fasciato di buio, stordito. A tastoni ancora, più lesto, tornò alla porta guidato ora dalla fessura gialliccia; uscì, rinchiuse piano, scese i gradini rasente il muro e scivolò via nell'ansia. - Venti passi innanzi, accanto a lui qualcuno sul parapetto seduto borbottò «buona sera». Trasalì. Cosa faceva lì a quest'ora? Era il floscio, quello del demonio, quello dei polli al mercato. Rispose «Buona sera» e passò rapido. Era agitato, voleva fare. Qualcosa lo serrava alla gola, andava quasi di corsa, stringeva, su, al petto, nel moto, chiusi i pugni. Si trovò senza accorgersene, essendo salito, nelle viette tortuose su del paese vecchio. Il prete dei bimbi abitava lì presso, voleva parlargli, voleva dirgli; non era giusto… Come ebbe trovata la porta, un orologio sopra i tetti batté grave (due volte) una mezza. «Undici e mezza?… Undici e mezza». Guardò alle finestre; tutto buio intorno e zitto. Era tardi troppo; scese più queto, giù a casa e tentò di dormire.

Passò il mattino appresso a dirsi chiuso in stanza che bisognava essere calmi, che bisognava decidere, che il prete dei bimbi… Uscì nel pomeriggio a cercarlo. Ma appena fuori eccoti incontro col muso puntuto i baffetti volpini e gli occhi furbeschi un giovine magro, paglietta in Comune, specie di gazzetta del luogo, sempre per le botteghe fra i sacchi di riso e le botti dell'olio a raccoglier frottole e a dirne: «Dicono» e gli stendeva la mano, mellifluo, ghignando, «dicono che tu batta ai conventi di notte e che ti piaccia di molto l'armonium». Restò male. «Chi… dice?» «Dicono…» Arrossì: «Iersera alle dieci passavo. Mi è parso che fosse aperta la porta della chiesa. Son salito a tentarla… Ho visto il «floscio» poco distante che m'ha salutato…. È lui…?» «Può darsi. Ma l'armonium è certo che ti piace parecchio». S'allontanò canzonando «bene, bene, ma bene… sappiamo…» Restò male. Dunque parlavano già! Maledetto paese. Sei spiato, ti contan addosso le pulci. San tutto, vedon tutto anche di più che tu stesso non sappia e non veda. È una specie di mistero come ciò avvenga ma san sempre tutto in un giorno, e tutta la città se ne riempie. «No, in verità non san nulla. Che han da sapere dunque? Il «floscio» m'ha visto scendere, ma uscire no… non poteva, di dov'era, vedere. Né m'han visto entrare; non c'era nessuno…» Ma rimase intimidito; non osò cercare del «santo»; girovagò tutto il giorno per le vie più sole tentando di ordinarsi dentro le cose. «Insomma non ti ha detto perché voglia lasciare il convento… Or è un anno quando ti raccontò le sue cose in chiesa, all'altare, parando, sembrava contenta di starci. È successo che cosa?» Arrossiva. «C'entro dunque io?… Ma cosa ho fatto dunque, Signore iddio? È chiaro che c'entro io. Oppure che no?… Qui c'è un dramma più fondo e questa disgraziata si dibatte come hai fatto anche tu negli anni passati? Poni che non creda più. Ed ha fatto i voti ed è chiusa! Tu eri libero, e laico; ciò che dentro ragionando ponevi, era posto, era base ed aiuto: t'appoggiavi senza scrupoli lì. Costei… Ma cos'è successo, cosa succede di là da queste finestre tappate da cui non vedi che cielo; di là da queste sbarre di ferro come in prigione incrociate?» E lo pigliava l'angoscia vaga di quando indovini di uno che soffre e non puoi giungere a lui. Certo era così, certo era così. «Anche qui questa dolorosa tragedia della fede perduta, anche qui i rimorsi, gli strappi violenti dentro, gli smarrimenti dinnanzi al caos del mondo, dinnanzi al disordine dell'essere ora che dio non v'è più. E qui peggio: le preghiere in comune ora che non crede più, i sospetti, le calunnie, questa insopportabile apparenza e le forme vecchie della fede su di te nuovo, su di te vuoto. Ed il nuovo ed il vecchio in torbida lotta, ed il mondo ed il cielo e il rimorso!… Ma no, che questa è una donna: non ci sono tragedie teologiche qui. È giovane. L'avevo pensato io, che non avesse bene coscienza dell'essere suo. Ci sono a ventunanni dei risvegli improvvisi. Tu li conosci per conto tuo… si è risvegliata, la musica di chiesa non le è bastata più né le Moradas, né l'autobiografia in spagnuolo di Santa Teresa. È troppo viva, è troppo intelligente per essere monaca e carmelitana ai giorni nostri. Ed ha fino a diciott'anni vissuto nel mondo, ne ha visto il bello, non ha avuto il tempo di disamorarsene. L'han chiusa poi, l'han cullata, pensavano d'addormirla; ecco tutto. Ed ora si contorce tra la paura e il rimorso. Non può incolpare gli altri perché ha fatto i voti che aveva vent'anni già e volentieri. Non può ribellarsi dunque, perché la colpa è o par sua. E le dicono che son tentazioni e vede che se la mutano di sito e la chiudono, con nessuno a darle mano di fuori dovrà ammansirsi e finire così. Si dibatte così. (… O si dibatte più fondo colla fede perduta?) Io non c'entro…» Ma di nuovo arrossì e gli tornò a mente di colpo la mano piccola, piccola calda sul freddo del marmo nel buio e lo strappo improvviso. «Sì c'entro anch'io».

Come la sera tornò, la servente abbassava gli occhi impacciata. Sua madre lo prese a parte ed anch'essa gli chiese: «Dicono…» «Ma sì…» e ripeté senza scomporsi ciò che aveva detto in istrada al paglietta nasuto, «… e che vai sempre a sentire sonare…» «Sono andato qualche volta tra le quattro e le cinque a sentire l'armonium sonare. Suona bene. Perché?» Passaron due, tre giorni così. Uscì poco. Sentì a caso due comari a una porta dirsi in confidenza che l'attrice del convento doveva essere malata. Non cantava più da un mese. «Ed io ho sentito dire invece che è stufa del voto. E che piuttosto la superiora ne è, lei, di vergogna ammalata e di dispiacere. C'è chi lo sa». Tirò via rapido. «San tutto, san tutto qui. Maledette pettegole». E vide anche il prete dei bimbi a un canto di via, una sera: si fece forza, e tentò d'accostarlo. Ma il vecchio con la mano lo salutò di sfuggita guardandolo un attimo serio col viso e le labbra contratte ed accelerò il passo giù. «Che cosa ho fatto; che cosa ho fatto dunque Signore iddio? Che cosa ho fatto? E ch'io avessi almeno una colpa!» Quasi avrebbe voluto averci ben netta una colpa a giustificar tuttociò, perché sentiva con vago malessere che l'aveva rasentata vicino. C'era stata, c'era in lui ancora la possibilità della colpa, come se avesse avuto paura a commetterla, come se non l'avesse commessa perché ondeggiante in un'indecisione morbosa. La colpa! (ma quale, ma quale, quale colpa dunque?) Era appunto ciò che lo faceva arrossire se qualcuno per via lo guardasse quando passava, o se sorprendeva la servente e sua madre a bisbigliare misteriose nei canti. Era ciò appunto che lo rendeva fiacco ed inerte, come quando un'azione netta, compiuta dentro, od al male od al bene non ti segna, non ti traccia una via.

Rimuginava queste cose fra sé una sera ch'era uscito giù verso il mare a pigliare finalmente una boccata di brezza, quando qualcuno che gli zoppicava da qualche passo di dietro anfanando, lo tirò per la manica. «Venivo da lei». Era il sacristano bisunto delle Carmelitane e gli porgeva un pezzetto spiegazzato di carta. Prese rapido dal panciotto una moneta d'argento e gliela passò intascando il biglietto. L'altro diceva: «Sa, per la musica, sempre la musica. E sì che ora sta male. Ed anche la superiora. Sa... l'influenza. C'è in giro l'influenza, e la superiora sta proprio male mi han detto». Ma il giovane lo piantò accelerando. Due donne a venti passi nella viuzza bionda ancora di sole sbirciavan la scena e sussurravan fra loro; un monello gettò sghignazzando al sacristano qualcosa, un torsolo gridandogli da un portico pronto a fuggire. «E corri e corri». L'ebete si voltò come una scimmia frustata col suo tondo collare da prete in cui il collo ballava, a strillare rabbioso.

Come fu fuori vista (diceva fra sé «Dove casco! Dove casco, mio Dio») spiegò la carta e lesse. Anche qui due righe, senza firma, senza intestazione, scritte a matita: «Mi fanno partire. Non posso, non posso». E che doveva dirgli assolutamente ancora qualcosa, lo pregava di trovarsi di nuovo alle dieci, forse più tardi (Non nella chiesa, grazie al Signore) al muro di cinta dalla parte dei lecci sopra il convento.

– «Che m'avvisi, sì, gliel'ho detto io. Ma la cosa...» si fece calmo, freddo d'un tratto come gli succedeva nei mali casi sovente; pensò: «Ma la cosa diventa romantica qui. Perché non ha detto lei stessa decisa ai suoi superiori, al confessore, che so io, a chi deve che vuol uscire senz'altro? L'inquisizione non esiste più. Ha ventun'anni, è maggiorenne». Gli si diffuse dentro il corruccio: pensò a sua madre, pensò alle due donne di poco prima alla scena del messaggio, bisbiglianti curiose; pensò al paglietta beffardo, agli occhi della gente fissi su lui, alle labbra contratte del Santo ed al suo fugace saluto. «Dove son cascato». Ma poi ancora gli tornarono lamentose dentro quelle parole di lei: «Non ho nessuno fuori nel mondo» e capiva, sì, che una donna in quelle condizioni, è forse minacciata... «E questo non è giusto». E d'impeto corse su verso il paese vecchio a cercare del prete. Non c'era nient'altro da fare, nient'altro. Dirgli chiaro ch'era ingiusto tutto questo, che lui non avrebbe esitato un momento a sciogliere od a rompere anche dei voti solenni, permettesse o non permettesse la chiesa, in un caso come questo. Ma che qui per fortuna... E che se non lo facevano per la solita paura dello scandalo, queste le eran grettezze da beghine e da preti; e che se temevano che fuori di convento la giovane avesse da trovarsi male o da male finire, che peggio di così non le poteva andare, (e gli avrebbe mostrato il biglietto e chiesto: «quando una donna perde la testa così, vuol dire che sta male o sta bene?») e che in tutti i casi essa sapeva di musica ottimamente e poteva guadagnarsi il pane così, e che gente onesta ad aiutarla se ne sarebbe bene trovata nel mondo (pensava d'offrire lui stesso da parte di sua madre, protezione e denaro). Arrivò ansimante stringendo in tasca il mezzo foglio spiegazzato di carta. Suonò. Qualcuno dalla finestra gli disse ch'era uscito la mattina e sarebbe stato fuori paese, ad una sagra, due giorni.

Non gli riuscì più da questo momento di mettersi innanzi chiara un'idea. Cenò distratto. Uscì subito senza salutare dimenticando il bastone e camminò a caso gli occhi, senza riconoscere, ora alla gente queta a passeggio, ora a due aeree nuvole rosa su nel gran cavo fondo del cielo, nel riverbero ultimo del settembrino tramonto. Si trovò fuori di città fra le vigne e gli ulivi. Salì, scese, errò vagabondo. Non pensava. Si fece notte, qualcuno passò che lo salutò. Non rispose. Un cane gli abbaiò d'un tratto accanto e non si scosse: continuò smemorato ad andare. Ma improvvisamente come si spandeva sulla paurosa funereità della boscaglia d'olivi dalla più vicina chiesa il rintocco dell'ore sonoro, attento, contò. «Nove, un quarto, due quarti, la mezza». Si scagliò come se qualcosa gli fuggisse dinnanzi. Fra sterpi, fra sassi, saltando le siepi, per sentieri tortuosi, deserti. Arrivò al convento dalla parte del Monte, scendendo, che battevan le dieci. La massa nera degli enormi lecci pendeva alta sulla vietta, fra i muri, incassata. Conosceva bene il sito. I lecci eran d'un piccolo parco privato che serrava, scendendo anch'esso giù fin sulla strada del mare, fra sé e la vietta al Monte, l'orto finitimo del vecchio convento. Conosceva bene il sito, perché ragazzo aveva infinite volte giocando scalato il muro su a coglier nel parco le ghiande.

Il terreno del quale era più alto d'assai del terreno dell'orto: che era sprofondato giù di quattro, di cinque e più metri sotto il muretto irto di cocci puntuti a difesa.

Salire su ai lecci era facile (si rizzò agile e rapido. E come, scavalcato il muro sentì sotto i piedi, qua, là il tondeggiar delle ghiande si chinò come da bimbo pronto ridente, tastando, a raccoglierne) ma sportosi all'altra cinta di fra i cocci di vetro a fatica, si vedevan giù bassi come in un pozzo i solchi soffici uguali ed i cespi d'ortaglia. Era diffusa per l'aria una freschezza chiara (forse si levava all'orizzonte la luna) e veniva dal mare, il rumore dell'onda un po' mossa. I lecci stavano immobili, scuri di sopra il suo capo (senza stormire); un odore di terra umidiccia e di muschio si levava d'intorno; una finestra di là dal convento alle case del ponte, rossa in una gran chiazza scura, luceva come a fissarlo; a sinistra più in alto, indecisa la massa enorme, contro il cielo stellato, del già dormente paese colle rade accese collane, (due, tre, parallele) dei fanali giallicci. Il convento era zitto e tutto chiuso: di là dei suoi tetti sghembi e del campaniletto a punta forato, sentivi l'ondoso allargarsi del mare. Attese. «Di qui, è ridicolo, come ha potuto pensare ch'io la possa sentire?» si disse. «Bisognerebbe che parlasse forte da svegliare anche i sordi». Guatava intorno da monello che medita il colpo: faceva calcoli, pigliava misure svelto coll'occhio. Non un pensiero, assolutamente niente del turbamento passato, come se non avesse coscienza quasi di ciò che faceva, fosse attento, attentissimo solo all'atto immediato. «Bisogna o sentirla di qui o scender giù a sentirla nell'orto». Ecco tutto. Ed il muro qui era di sei metri, ma c'era una pergola di viti in basso; e là di quattro soltanto, ma c'eran dei cespi di rose che lei non si sarebbe potuta accostare ed il convento era troppo vicino. Attese queto: toglieva i vetri, i fondi di bottiglia, i bicchieri rotti e taglienti incastrati sulla cresta calcinosa, con le dita forzando; fece posto bene e sedette cavalcioni. Non udì qualcuno che s'avanzava fra i solchi lento. Se n'accorse ch'era sotto lui, fuor della pergola, a un tratto. «Suor Maria?» Il frangersi ghiaioso del mare sembrava ora echeggiare, rotolare per l'aria più forte. Pensò: «Qui è inutile: bisognerebbe gridare». Si sporse fuori tutto, (la figura laggiù parve cennare, si mosse), risoluto volteggiò poggiando alla cresta colle mani, col ventre e secondo una ginnastica usata forzando colle punte dei piedi contro il ruvidore del muro, si lasciò pendere giù. (La pergola era sotto circa tre metri). Rimase un istante macchia allungata più scura sul fondo piatto a strapiombo, si torse a guardare a pigliar bene la mira e schiantò giù d'un tratto crosciando. La donna ch'era rimasta non bene capendo, attenta a guardare, represse un grido e si precipitò fra i pali strappati e le viti, (egli si ricordò più tardi d'avere nel cadere afferrato grappoli d'uva a tenersi e che la mano gli era rimasta tutta pastosa e odorosa di mosto) si precipitò pronta chiedendo. Le soffiò immobile: «ferma». E stette, ed anch'essa, qualche minuto in ascolto: affondato, nascosto fra l'aggroviglio del fogliame e dei rami. Come niente si mosse (non sentiva che il mare ed il rapido tuffo del cuore dentro e alle orecchie) si districò svelto ed uscì. «Male?» chiese ansando la donna. Qualcosa di caldo ed un bruciore ora, sì, un dolore vivo sopra del polso, nel braccio, sentì. Forse un chiodo od un vetro lassù volteggiando. Rimboccò con l'altra mano la manica, presto, e guardando: «un po' di sangue, qui». «Sangue!» La donna gli afferrò il braccio, vi chinò gli occhi su anche lei, sbigottita, tremante, a guardare, lamentando: «E perché saltar giù, e perché saltar giù!»

Trasalì stupito. Era; non era? il capo innanzi a lui chino al suo braccio, non bendato, non velato era; capelli sciolti e lunghi. Lunghi, sì, mal trattenuti sul collo. E giù pel corpo non il mantello: l'abito solo in figura d'una veste femminile comune, stretto dalla cinta sui fianchi.

Non osò dire... La donna si lamentava sommessa: «Cola, cola forte... uno strappo d'un palmo». E l'attirava dicendo: «venga, venga» verso una gran botte ritta fra i solchi dove gorgogliava dell'acqua. Vi bagnò delle tele: gli pigliò lei stessa di tasca senza chiedere i fazzoletti; lavava e curva fissava: «Cola, cola sempre...» Lo fece sedere su di un tronco abbattuto; sedette accanto chinata (c'eran dietro loro a spalliera dei gran cespi di vaniglia odorosa) e fasciava attenta e stringeva. Zitta... Era una donna, una donna... Sentivi sotto l'abito lieve l'ansimare del petto; le ciocche abbondanti ai lati del viso in due bande giù; la radice del collo bianca (nuda) fin giù, lineata, allo scuro dell'abito; e (gli pareva), s'ella alzava lo sguardo un rilucere vivo negli occhi... era una donna, una donna... Ma com'ebbe finito, si scosse, sembrò smarrita, volle muoversi, alzarsi: la tenne. «E come risale ora?» chiese spaurita. «Risalirò». I muri tutt'intorno (umidore nero e cespugli), cingevano altissimi; da un lato, pesanti, i cipressi ed i lecci (enormi); dall'altro a mare ombrosi il campanile ed indeciso il convento (accosciato, come una gran bestia torpidamente dormiente); su, brillanti pungenti d'argento, nel cavo le stelle. Gli parve tremasse: non la chiamò più: «Suora»; la fissava. Chiese, come non pensando, che avesse, e quella: «Ho la febbre...» ed ebbe un sussulto improvviso pel corpo e le si fece rauca la voce ed a scatti. «Ho la febbre... L'ho fatto venire perché ho deciso d'uscire... non mi lasciano... Dopo dimani voglion ch'io parta. Vogliono chiudermi ancora e dove non so. E dicono che è il dimonio e ch'io mi perdo. Ma niente; s'io rimango qui, sì mi perdo. Ho vergogna di portarlo quest'abito. Da ieri non ho messe né bende, né cilicio, né velo. Non voglio più profanare...» Ansava. Un carro giù nella strada a mare, passava scotendo lento, pesante, e s'udiva il sonaglio a strappi dei muli. Un soffio di brezza sussurrò un attimo lieve nella chioma nera del parco, «... e se non vogliono loro, dal vescovo andrò io. I voti miei sono solvibili. So. Ma non vogliono. Chiedono il perché... Ed il perché... l'ho detto. Qui non ci vivo più... Dicono che sarebbe uno scandalo e che l'Ordine è recente, che son cose che passano, angoscie di gioventù e che infine ciò è dannoso e scandaloso per tutti. Han fatte preghiere in coro tutte insieme. Voglion ch'io preghi, ch'io preghi. Mi serran in cella a pregare. Dio, Dio mio! Io non so più nulla. Non intendo più. Bisogna ch'io esca, ch'io esca... E se nessuno mi darà una mano mi guadagnerò da sola da vivere. Io esco così come sono... Mamma, mia mamma!» (Mamma!... Era una bimba piangente, era una donna un cuor vivo in angoscie). Coperse con le mani il viso in singhiozzi. Egli l'accarezzò meccanico come a quetarla, zitto. Pareva pensare, ma era vuoto dentro. Aveva dinnanzi, come una mosca impertinente, il viso volpino e gli occhi del gazzettiere paglietta; e poi questa voce: «Dove caschi, dove caschi tu dunque!» ed il bisbigliare ed il fare impacciato della servente e di sua madre per casa. Come gli si fosse stretta l'anima e non vedesse più; come dentro gli si fosse seccata ogni cosa ed il cuore. «Dargli del denaro» questo pensò, «scrivere a tua cugina Paolina che l'aspetti alla stazione a Genova, e la collochi lei». – Ma questa imagine della stazione fumosa, coi treni in moto ed i binari ed i fischi e i facchini e le valigie e la gente, lo fissò netta un istante. Ci vide in mezzo lei che gli piangeva lì accanto, lei coi capelli giù sciolti e la cinta e l'abito nero (in abito, in abito così di convento?) Si turbò, sentì la vergogna su alle guancie e la commozione fondergli dentro; «Perbacco, ma il prete dei bimbi bisognerà pur che ci pensi! E se s'intestano...» Vide di nuovo la servente e la madre in un canto in sussurri, sentì come un sussurro spandersi intorno per le piazze e le vie della città e le case; vide i mill'occhi su lui e i sorrisi e le risa e l'impaccio del camminare per strada, e i dubbi e i commenti e le boccaccerie senza più fine al caffè… «…e se s'intestano…» Pensò ad una fattoressa che aveva in un paese lì presso «se s'intestano, disse forte, mando io qualcuno dopodimani con una carrozza a pigliarla».

Fu come se un groppo gli si sciogliesse che lo stringeva alla gola: gli tumultuò dentro qualcosa come un gorgoglio impetuoso. S'accostò vivace alla donna, le prese dal viso le mani e la quetava festoso «non pianga, non pianga più» e parlava rapido come quando fai buono un bimbetto dopo averlo sgridato che lo cingi col braccio ed inventi e colori e gli calmi ridente con molte parole il singhiozzo. Diceva che le cose andran bene, che certo andran bene, che tutto andrà bene. Che sì, che c'era lui per ogni caso, che lui avrebbe fatto, che lui avrebbe pensato… (avrebbe pensato come? a che cosa? E forse che fuor di convento questa donna sarebbe stata contenta così? Di vivere sola, dando lezioni di piano tutta la vita? Forse che usciva di convento per quello?… E perché dunque veramente voleva uscir di convento? E non si pigliava, lui, giovanotto di ventisei anni una responsabilità grave ad aiutarla e di nascosto così? Non s'impegnava, non si legava? Insomma perché proprio, in sostanza, voleva essa uscir di convento?) Stava zitto ora in sospeso, con rotto il respiro con fra le mani le mani di lei caldissime che singhiozzava ancora, ma come quetandosi (sì, come un bimbo che hai rasserenato, che quasi, dopo aver pianto s'addorme). E cedendo verso il cespo foltissimo della vaniglia di dietro, come stanca, a poggiarsi un poco piegava verso la spalla, sfiorandola, del giovane accanto.

Bruciava di febbre. Certo che gli occhi fra il bianco ed il nero brillavano se si voltavano a lui! Tratto tratto il singhiozzo rotto, profondo le sussultava nel petto. E stava abbandonata, silente che pareva addormirsi. Il giovane guardava lei ora, ora guardava intorno per l'umido ombroso. I muri bianchicci di cinta li serravano, li abbracciavano (li nascondevano) alti; il convento innanzi era buio, senz'anima zitto e c'eran sempre nel cavo le stelle tremanti e l'ondeggiare sonoro del mare. Qualcosa di sconosciuto faceva ora nuovamente impeto in lui. Anche a lui si sollevava ora il petto con larghi respiri come se non la freschezza notturna ma il senso vivo della sua forte maschiezza lo gonfiasse in un ritmo sicuro. Gli parve ad un tratto come di farsi da vago reale; sentì la muscolosità del suo corpo robusto come qualcosa di pronto a lottare (qualcosa d'ignoto e di nuovo in lui d'un tratto) ben fermo, ben saldo. Aveva accanto una donna, appoggiata a sé languente una giovane donna… che certo l'amava (non aveva accanto a sé la sua donna?) E poteva esitare indeciso così come un debole abulico o come un leguleio invecchiato? E se le responsabilità c'erano se le sobbarcava. Anche gli impegni sì; ed appunto perché era giovane ed aveva ventisei anni soltanto. Vuoi camminar sempre con le mani innanzi e col tuo piano già fatto secondo le regole e l'uso? (Vuoi trarti dietro passo passo la legge e vivere per non tradirla e per essa? o devi vivere risoluto e violento perché la legge si crei, perché s'accresca la legge e lo spirito?) Questa donna soffre, ha bisogno di te, s'aggrappa a te e tu fai calcoli e tu concedi come un fariseo gli aiuti a metà? Tu pensi al mondo, alle chiacchiere del mondo, ai bisbigli scandalizzati della tua servente in casa (e di tua madre? Ma anche tua madre…) Tu pensi agli altri: fabbrichi la tua coscienza con detriti di chiacchiere d'altri e con pregiudizi. Fa, dunque, e svegliati dunque secondo l'impeto della tua stessa coscienza che è tempo tu viva. Tu vuoi vivere o tu vuoi queto dormire? Fa dunque secondo la tua coscienza viva, ché qui accanto c'è una donna che soffre… Una esaltazione di generosità lo scuoteva e qualcosa al di là della generosità e della composta onestà. Come il desiderio di buttarsi innanzi, sì, ancora di ribellarsi (di profanare) come per un attimo in chiesa la notte del convegno. Ribellione non sterile, non vuota, non per voluttà vuota e infeconda, ma per scuotere un giogo, per respirare più libero e largo, per farsi trascinar via dal gorgo intorno della vita vissuta e battercisi rude da uomo. Desiderio di rompere l'uso e la legge. Bruciante desiderio e sano di vita e di colpa.

Si strinse alla donna e disse ad un tratto ancora, lento: «Ci sono, sì, io. Ha me nel mondo», ma con voce mutata, contratta. Non più come parli ad un bimbo; come parli ad un'anima perché ti intenda, come parli nell'ansia ad una donna che ami.

La giovane accanto si scosse. Pareva che avesse in simpatica angoscia seguito l'ondeggiare, l'allargarsi umano del pensiero suo, che qualcosa anche in lei si fosse svegliato e tumultuasse: qualcosa la rimutasse profondo, la facesse nuova risolutamente. (Piegò verso lui con volontario atto). Come se decisa le ripigliasse dentro la vita, come le si risaldasse nella giovane vita questa larga divaricata ferita di quattro lunghi inutili anni. Era vigorosa e rinata. Era una giovane donna (e non aveva gridato «mamma!» come una creatura del mondo che soffra? Era viva era come lui qui nel mondo, una creatura umana a volere, a sentire, a dibattersi), sentì contro le sue spalle il suo viso caldo poggiare. Era una donna accanto a lui, viva, ad amarlo. (Non era questa forse, non era questa dunque la donna sua?)

Che cosa precisamente il giorno dopo e i seguenti avesse fatto e sentito, anche molto più tardi in calma pensando non gli riuscì mai di metterlo insieme bene.

C'era come una macchia di buio nella sua memoria.Di questo solo si ricordava (e di una aridità meccanica dentro, che gli aveva detto come parlando: «Tu devi»; e di lui che poi si moveva non bene sapendo e come per un esterno comando); di questo si ricordava che aveva (forse un pomeriggio) bussato al convento (senza vergogna come uno mandato, o come se tutto fosse chiaro e si presentasse da sé rassegnato a incolparsi), e chiesto al sacrista di Suora Maria. (Quello aveva fatto un lungo discorso con molti gemiti e gesti di cui ciò solo aveva afferrato: «ha, dicono, il delirio. Medico... medicine». Forse aveva aggiunto anche, lamentoso e in confidenza, che nella notte, oltre tutto, non si sa chi era entrato nell'orto a rubare dell'uva e che lui non l'aveva detto né alla superiora né a nessuno perché il danno in sostanza era poco e stavan tutti quanti già male). Poi di quest'altro: che aveva atteso ritto sui gradini ampi di marmo con le colonne alte contro a lui della Collegiata bianca, il prete dei bimbi alle cinque uscir di capitolo. L'aveva toccato muto al braccio, l'aveva tirato con sé cento passi lungo il gran muro nudo sul piazzale di dietro, fra i quercioli in fila radi; e che il vecchio docile l'aveva seguito e col viso buono di nuovo, gli aveva chiesto fermandolo, gli occhi cilestri a lui: «Ora dunque che hai?» Egli, contratta, rauca la voce, ma senza ansito, calmo, (pallido pesto nel viso), come se facesse un Caso dei soliti a sciogliere, o continuasse distratto un discorso: «E se un religioso, poniamo una suora (una novizia)», aveva domandato «va contro i suoi tre voti giurati, rompe uno dei voti, poniamo...» parlava lento, «poniamo che pecchi contro il sesto comandamento dei dieci, che peccato è... questo?» Il vecchio stupito, fra sé: «Mortale, riservato» borbottò. Ma pronto aveva afferrato il giovane al braccio e guardandolo su fisso: «Sei arrivato a ciò? Tu? Siete arrivati a ciò?» Ed era rimasto così, la bocca socchiusa, fermo. Poi aveva riabbassato il capo ricascando curvo, aveva detto piano e dolce come soleva convinto: «Ma Dio è buono... Dio, sì, è buono, sì, sì...» come a persuadere, come a rassicurarsi e l'aveva lasciato rapido senza aggiungere altro puntando sul bastone (gli era parso) giù verso il convento.

E come egli era tornato più tardi di sera a chieder di lui, (e non sapeva perché, per che cosa), dalla solita finestra in alto, la solita vecchia fantesca gli aveva gridato nell'ombra della stretta viuzza: «È partito da un'ora: sarà domani qui in giornata; dev'essere andato dal vescovo ad A». (Questa parola: «dal vescovo» gli aveva ronzato tutta la notte all'orecchio. «Dal vescovo? E perché dal vescovo? Dal vescovo?»)

Un'atona arida grigia opacità gli fasciava l'anima e il capo; passava la sua giornata quasi intera sdraiato a fissare nel vuoto senza assolutamente pensare e la notte a rigirarsi nel letto. E come nel silenzio un grido che rompa, tratto tratto un'imagine rapida, viva come un razzo a scuoterlo: il gemito, il lamento piangente e poi tutt'a colpo l'inerzia di lei svenuta sul tronco squadrato; l'odor del terriccio nell'orto con quello molle e buono delle vaniglie in fiore; lo smarrimento, la disperazione nel buio, la sua corsa verso il convento d'un tratto come a battere a chiedere aiuto. E lui piangente (lacrime lente sulla calda guancia) a carezzarla zitto e lei a divincolarsi muta a sparire improvvisa nell'ombra. Ed un zirlo improvviso di grillo come un riso sottile di chi avesse veduto. E i vetri di nuovo puntuti a tagliarlo e lo sforzo e l'ansia paurosa e un passante che s'era fermato a cinquanta passi sotto un fanale forse in ascolto… E poi ancora il gemito, il gemito che gli echeggiava dentro, come di uno che muoia e che chiami, che gli si moveva, gli strappava dentro ogni cosa, gli serrava la gola in angoscia.

Ciò a tratti, come nella inerte oscurità sprazzi e barbagli a ferirlo. Gli pareva di essere inabissato in un aere grave pesante e che gli fosse difficile (torpido) muovervi in mezzo le membra e il cervello. Un dopo pranzo sul tardi gli entrò nella stanza (vide alla porta il viso cereo di sua madre a introdurlo) il prete dei bimbi che (steso) lo trovò in questo stato. Parlò per un po' senza che né l'intendesse né gli rispondesse. (Gli si gonfiava accanto bionda di brezza e di sole la tendina, pendente, ed uno specchio di dietro nell'ombra rifletteva bianco e rasato il suo capo e giù il dorso curvo nel nero). Anche lui torpida ombra a guardarlo cogli occhi cilestri, queto. Afferrò del discorso che la «creatura» era adesso in salvo e che il vescovo (il vescovo? di nuovo il vescovo…) e che era ai Poggi, ch'era bene allogata presso la sorella sua (di lui, del prete); e che poi certo bisognava pensarvi, «che sarebbe bisognato parlarne». Il vecchio gli palpò con la mano buona la fronte, lo prese al polso un momento attento, (gli passò per la mente incerta, l'imagine di lei curva e i capelli disciolti a toccarle il braccio ferito, a stringerlo col fazzoletto bagnato, a lamentare sommessamente: «Cola, cola sempre»); se n'andò sorridendo facendo segno di saluto e come incoraggiando amico, senza ch'egli riuscisse a bene capire né a scuotersi. Ma questo gli restò nell'orecchio (se lo ripeteva smemorato), come una frase a cui t'appigli quando ti sforzi di fissare un'idea: «che certo bisognava pensarci, certo, e parlarne».

E fu tuttavia di qui (fu la cosa che gli s'impresse dentro più lucida di tutta quella sonnolenta settimana); ed anche più tardi aveva riflettendo spesso concluso che appunto di qui aveva ricominciato a connettere. Fu la cosa più lucida insieme a quest'altra che gli accadde la sera dopo ch'egli assorto, le mani in tasca, a terra gli occhi vagava per via a caso. S'era imbattuto ad un canto con Carrù l'avvocato (piccolo, quadro, don giovanni famoso, tutto impeti e boccaccevoli frottole, – inesauribili frottole sconce fra gli amici in farmacia, od in crocchio sull'angolo, – colpi di pugno sul banco quando perorava in Consiglio (era in Consiglio); occhi piccoli, neri, cisposi, scintillanti di un'umida loro malizia; gran fottitore di serve), s'imbatté con Carrù che fece un gesto vedendolo come se ci fosse una cosa festosa e segreta; e toccandolo al braccio gli disse piano, accostandolo: «Ma complimenti dunque! Lo dicevo io bene che ti saresti svegliato. Ed hai tirato di colpo alla quaglia, amico mio! Questo è un colpo. Mi degradi, mi hai degradato, che quaglia, che quaglia». Si strappò via torvo senza dire parola e lasciò l'altro sorpreso. Che corse a spifferare nei crocchi con bisbigli e con risa, in segreto, che la cosa era vera e che ora lo sapeva di certo.

Tornò padrone pian piano di sé, ma come quando ti svegli da una febbre di un mese che le cose intorno son gravi e non hanno sapore. Le cose non avevan sapore ed eran lì adipose senz'anima nel più geometrico ordine. Non avevan misteri più al di là del loro materiale contorno, non avevan più risonanze né intime vite, facevan insieme corpose il gran mucchio rotondo del mondo e così come le vedi e le senti sonnolente giacevano. Così come le vedi e le senti imbastite e aggiustate secondo la causa e gli effetti, nel consueto inquadrarsi di sillogismi ben chiari, nell'andar senza scosse dell'ordinaria ragione. Non vibravano più, non echeggiavano più, non esultavano più come si fossero spente d'un tratto, come se si fosse seccato il gran flusso di vita che scorreva giovanile per esse a gonfiarle (come se in lui si fosse dispersa, smarrita la magica fonte, la corrente ed il flusso). Come se l'echeggiamento dei sentimenti si fosse taciuto non allargasse più umettandolo il mondo, il mondo posasse pesante non ci fosse modo più di trasformarlo dinnanzi, di trarlo su a poesia, di farlo cantante e gioioso, di moltiplicarlo infine cantando. Bisognava accettarlo così pezzo a pezzo, anatomico e morto, bisognava camminarvi per mezzo senza né riso né pianto, meccanici e grevi («sei uscito fuor dell'imaginare discreto! Hai rotta la sapiente prudenza predicata nella dissertazione dal nonno»). Bisognava accettarlo così senza speranze, ché questo era il mondo dopo il peccato, spento; questo era dunque, senza più il lievito e il sogno, fiacco. Questi gli uomini, così e così ragionanti e operanti; questa la realtà con queste e quest'altre necessità ordinate; questo lui stesso senza veli e senza eccitamenti irreali. Questo dunque lui stesso macchina malfatta di muscoli e nervi, fra altre macchine in moto a maciullare (null'altro!) o male o bene come si può il suo pezzo breve di tempo, così come da quando c'è il mondo s'è fatto. E sentì dentro sé una incolore, una esanime vita senza meraviglie e senza stupori stendersi grigia, vita veduta senza orizzonti netta, senza sconfinamenti né palpiti, vita d'umano automa, rotolante giù, fredda.

E l'accettava e si rassegnò come uno che curvi. Si rassegnò, stette come uno che osservi. Fu in questi giorni che gli scrisser da Genova come la lite in appello (la lite per l'eredità di suo padre) fosse di nuovo perduta. Fece i calcoli piano, rilesse gli atti e le mappe: il suo patrimonio era ridotto ad un terzo: si disperdeva fra cugini e parenti. Gli lasciavan con un podere d'olivi la casa vecchia ed inutile. – Ma anche la casa come tutto il resto pareva ora si fosse mutata. Eran cominciati i giorni piovosi di ottobre; c'era del freddo, del vuoto, senz'eco, qui dentro c'era del freddo e dell'inutile morte su questi libri allineati uguali, non più il ricordo buono e composto del nonno e del padre. La madre era a letto malata, non gli parlava, non gli rispondeva; sentiva nella sua stanza buia con le imposte e le cortine serrate quando l'andava a trovare e diceva sommesso entrando a tastoni «mamma» l'odore del chiuso ed il suo respiro rauco ineguale. (Restava lì nella penombra appoggiato, meditabondo e poi se n'andava in punta di piedi zitto, con stretta la gola). La servente muta gli posava innanzi la sera e a mezzogiorno sul tavolo (solo) nella gran sala vacua i piatti della cena e del pranzo e non lo guardava. C'era per tutto nel vano dell'ombra e nell'odore vecchio di muffa, la funereità senza conforto dei giorni ch'era morto suo padre. Fuori, le volte che usciva, la gente gli mormorava dietro e lo guardava fisso sfacciata.

Anche gli amici erano impacciati con lui. I ragazzi del Liceo gli passarono un giorno in frotta d'accanto abbassando gli occhi e rapidi, salutandolo col cappello come intimiditi senza farglisi intorno festosi (qualcuno anche, gli parve, ghignò). Uno che lo accostò, un buon giovane per cui sentiva affetto, tutto chiesa e lezione, di cui gli altri come sempre dei buoni e dei timidi ridevano un po', fu per ritornargli un libro su Mazzini che gli aveva tempo prima prestato. Parlò di Mazzini, pareva che parlando si dicesse fra sé: «Mazzini e quel ch'io ne penso non hanno a che fare con te né con quel che si dice tu hai fatto. Parliam di Mazzini, sì. Io son qui, tu sei lì non ti tocco e non muto».

L'amico wagneriano – lo incontrò per via – gli si accompagnò zitto daccanto un bel po' un giorno, e come vide la bionda in distanza che ora (anche lei!) lo tradiva, cominciò una tirata sul tono consueto contro i borghesi e le pancie. Ma ripeteva delle parole a freddo, gli parve un po' a macchina. E fu questa volta che avendolo d'un tratto, come lo lasciò, guardato, vide nella sua figura grassoccia, intravide (il mento, le mosse, qualcosa che non bene afferrava) l'altra figura più tonda e più grossa di suo padre il panciuto. Dietro Lohengrin e Siegfried, e dietro Tristano, d'un tratto una sartinetta sguaiata per ideale e il buon senso sapiente ed il calcolo e il commercio delle latte per l'olio. – L'anarchico quello non disse nulla e approvò così: «Infischiati dei borghesi» (anche lui i borghesi). Null'altro e lo piantò. Fu ad un canto di strada, gli strinse forte la mano (gli si era accostato zitto come lo aveva veduto), con corrugato il viso e più torvo lo sguardo. Aveva al collo una cravatta nera abbondante e sotto il braccio un Bakunine nuovouscito, rosso.

I «borghesi» «i borghesi» infischiarsi dei borghesi. Eran invece gli amici vecchi, i due, i tre che di sfuggita come per compassione e dovere lo consolavan così che non gli importavano ora. Erano anch'essi vuoti. Il loro giudizio era vuoto senza peso e valore. – I borghesi come la notizia s'era diffusa, s'era propagata giù di bottega in bottega, di crocchio in crocchio, al mercato, in farmacia, per le sacristie, al caffè, nei salotti delle molte giovani e vecchie beghine signore, ascoltata, ripetuta, ingrossata e contorta con l'avidità, con la voluttà ora scandolezzata ora apertamente gaudente d'ogni buon pettegolezzo nuovo in provincia (ma questo sì, era nuovo davvero e mica dei soliti: «Han fatto cambiar aria all'attrice!» «Già, l'han vista che partiva in carrozza». «E dove e dove?» «A cambiar aria, a cantar Tantum ergo in campagna» e risa ed «Oh!» e senza fine particolari e commenti), i borghesi corporazione ab antico ben stretta e d'accordo, reagirono tutt'insieme secondo un unico tono. Ora il male da dire era scattato fuori d'un tratto che nessuno trovava. Ora gli offesi in segreto potevan bene dir finalmente la loro, e colpire. Ora c'era cascato al di sotto di loro, lui che voleva starne al disopra; lui il morale. Gioia, gioia maligna. E c'eran, c'eran i ragionieri gli uomini di buon senso e d'affari che non capivano che si facesse coi libri e i discorsi ai ragazzi di scuola e tutto il giorno la musica, che avevan detto fino allora di lui: «è un buono a nulla; non fa nulla». C'erano i ragionieri che calcolavano ora col lapis sul bianco del tavolino a caffè quanto gli restasse dopo il processo, di suo. Ed era poco, pochetto. Così che, oltretutto, che contava ora in paese costui? E c'erano i «neri» i fabbriceri, le beghine ed il parroco che, già, se l'aspettavano da tempo («l'hai visto tu mai a far pasqua da quand'è andato agli studi?») ed erano costernati, vergognosi perché certo c'entravano anch'essi; anche per loro, già, questo l'era bene uno scandalo e ne pativa il buon nome. «E la superiora, avete sentito della superiora? Quella non s'alza più di crepacuore». «Ma il signore comincia a punirlo anche lui, lo svergognato. Disgraziata la mamma. Ma è certo che questo processo perduto è un castigo. Vedi dunque se non è un castigo di Dio!» E nell'ombra serale delle ammuffite canoniche, passava quel soffio (vago, quel tremito pallido di purgatorio), indeciso che sa di paura, di mistero, di grettezza e di cera.

Seppe che uno di quei del Consiglio, caporione di parte di cui aveva detto qualche male una volta sul giornale del luogo, s'era sotto sotto informato se c'erano i termini di una buona querela per offese palesi al pudore e se la novizia in questione (andò al convento a chiedere) fosse ancor minorenne eccetera eccetera. I giovanotti gaudenti, Carrù l'avvocato, i «boccacci» eleganti, questi ridevano e se la contavan fra loro: «È un porco anche lui. Ma le fa di nascosto». Ma insomma che il colpo era buono e fatto in «gran stile». Il problema era questo: nient'altro: «Ci è cascato, innamorato, da sciocco che non sa quel che fa; o l'ha fatta come si deve con calcolo?» «Ed io dico che l'ha fatta con calcolo e dà dei punti a tutti noi che ci contentiamo di serve». «Ed io dico invece che l'ha rotta e l'aggiusta, e si sposa la monaca». «Oh! oh! oh!» «E sì, si sposa la monaca che del resto è un'attrice e la storia la sa».

Tuttociò gli arrivava indiretto (sussurri, bisbigli, chiacchierare per tutto; n'era pieno il paese) o per indizi intuiva. «Ed ecco che s'io ridessi ora una volta, passando, di sott'occhi a Carrù, e mi lasciassi tirare una sera a contargli da «bulo» la cosa coi particolari che vuole; pagassi magari lo sciampagna a due altri di questi e facessi fuori un allegro viaggetto d'un mese, ecco ch'io sarei qui un eroe, ed avrei con me intanto la gioventù mattacchiona. Sarei anch'io come tutti gli altri giovani un «matto» e la mattana mi farebbe da scudo; mi godrei due tre anni in mattane e la volta che ti portassi di fuori tutt'a colpo come fanno questi altri una moglie bella e vistosa, e che la gente sapesse che è ricca (certo che sia ricca bisogna) anche i vecchi concederebbero che io ho messo a posto finalmente la testa e chissà non mi mandassero allora davvero in Consiglio ad amministrar la città!» Diceva ciò non amaro; constatava queto che così era il fatto. «E se facessi così? E se tentassi di girar l'affare così?» Si ricordò più tardi che anche ciò gli aveva sibilato un di quei giorni pel capo e ch'era stato d'un tratto come quando col bastone passando rimescoli in una pozza per gioco il fondo fangoso, che ti viene su il torbidume a soffioni sporco e l'acqua tutt'intorno brutta, ingiallisce ed annera. Sentì il torbidume dal fondo dell'anima opaco, le voglie vigliacche le brutture quetanti nascoste come una cloaca che non sapevi ci fosse e si rompe; e sentì la vergogna e il rossore. «Questo avevi dentro tu dunque, o antiborghese, e te ne stavi sdegnoso in disparte a chiacchierar di Pascal e di Dio!» Nell'umiliazione sua, nel rassegnato abbattimento, nell'opacità senza slanci più del suo cuore, riconosceva giusti gli improperi ed il disprezzo di tutta la città contro a lui. «Ci son gli sciocchi, sì ed i vili che son contenti per malignità senza scopo, batton le mani perché tu hai peccato, come chi ride se casca lì presso qualcuno. Ma c'è chi si sente nell'anima offeso da te. Perché tu ora t'appiglierai alla tua coscienza morale, tu ora dirai che hai l'universale con te e che s'esci dall'orizzonte d'un palmo del paesucolo tuo, accuse contro te non ci sono (ci son pregiudizi). Che tu hai rotto i pregiudizi, hai dato ai pregiudizi un colpo di spalla ed hai liberato te alla vita ed un'altra creatura con te. Ma ecco che sotto i pregiudizi, se tu guardi, ci sono mill'anni, e mill'anni son più di te che sei nato da un giorno. Ecco sì che le grettezze ti soffocano, ma hanno per secoli irreggimentata la vita e se han fatto soffrire, se han causato dolore, pensi tu che si viva e si cresca senza dolore e tristezze come se l'azione morale non fosse imposta, dappertutto forzata e costretta? (E non è in ogni caso costrizione di te contro te? E la pensi tu forse gioiosa e facile a farsi?) Ti sei concesso di romper le regole e gli usi come se fossero inutili ceppi; ma sono argini al fiume, sono sapienza ed esperienza e se tu le neghi e t'appelli di colpo alla legge ed alla coscienza più fonda neghi la tradizione con ciò, distruggi la sicurezza, l'umana fede di tutti costoro che sono gli onesti e che lavorano giorno per giorno pazienti, (non rompono, non scattano) e ti puntellano il mondo. La Legge e l'Universale, sì, sono; ma perché non t'imbranchi allora tu risoluto con questo tuo amico dalla nera cravatta che ti predica ad ogni canto come le cose dovrebbero essere, nel «dovere dell'essere?» Perché tu dunque non approvi l'adultero od ancora non dici che il fine giustifica i mezzi? La legge tua vera non è quella fonda e troppo al di là della vita, ma questa e quell'altra che vedi e che chiami grettezza; legge sancita di comma di codice e legge venerata d'usanze». – E quando ebbe un giorno detto al prete dei bimbi (era salito da lui cinque minuti una sera, corrucciato e pallido in viso come uno che va ad accusarsi ad un giudice ed era, subito dopo, in vergogna, venuto via per la scala precipitosa), ch'era disposto da parte sua quando egli consigliasse e credesse a far il suo dovere intero (ed il buon vecchio gli aveva detto: «E va dunque a dirlo anche tu a quella povera figliuola che è in pena!» ed egli era andato – era pallida, non la vide bene, era sdraiata in una camera chiusa e si faceva notte; – anche lì era rimasto cinque minuti soli ed aveva detto senz'anima ch'era disposto a fare quando che sia il suo dovere); parve ancora che ciò fosse inutile e che fosse dinnanzi agli uomini la perpetuazione del peccato suo, che fosse un'offesa nuova alla composta vita d'intorno. «E cosa vuoi aggiustare?» si diceva duro. «Hai peccato, non c'è rimedio». Il cugino venuto da Genova per l'affar del processo (quello stesso che l'aveva consigliato l'anno avanti, a disbrigarsi di lì), gli aveva fatto questo discorso rapido senza né rimbrotti né stupori: «Non hai che una cosa da fare. Rifar fortuna; toglierti dalla vergogna e di qui, mostrar alla gente e a tua madre che vali qualcosa. Vieni con me». Togliersi dalla vergogna e rifar fortuna. Scordare in altri termini e far scordare ogni cosa; pigliare una moglie ricca, mettersi negli affari ad accumular guadagno. Questo pure egli giustificava; questo anche era nel borghesismo delle millenarie usanze e se qui non c'entrava di morale, né la legge che è fonda né quest'altra che vedi, qui pure si sentiva la sapienza e la vita. «Almeno le apparenze salvare!» gli aveva fatto dire sua madre (se n'era andata una mattina per tempo senza avvisarlo, s'era levata di letto forse malconcia ancora e s'era, come fuggendolo, e fuggendo la vergogna, fatta portare ad un paese in collina in casa d'un vecchio parente. «E perché dunque?» aveva egli chiesto alla servente come lo seppe. «Vostro zio sta male». «Zio Battista sta male?» l'amava. «E molto?» «Dicono». «Vado allora anch'io!» «Farete meglio di no»). Almeno le apparenze. Sì le apparenze e il guadagno. E tu dirai che la cosa, così, ti ripugna e che il wagneriano ha ragione e che questa gente non vive e che è come un sepolcro pien di marenghi. Ma «questa gente» ha faticato tre secoli per fare a te che la odii una casa e fasciarti tutt'intorno di comodo perché tu possa distillare in pace lo spirito. Ha accumulato marenghi, ed ha accumulato con sforzo, con ascesi paziente nei tuoi nervi la vita e la capacità d'altro sforzo. Onde sboccia in te come spirito (se pur sboccia! o non sei tu neghittoso e degenere?) il suo ordinato tendere e la dura fatica. E l'apparenza, il decoro delle apparenze che tu dici falso e deridi (certo che è facile riderne), vedi bene che sa d'eroismo. Tu parli di farisei e d'ipocriti; ed io ti dico che costoro son pigliati nella macchina torbida e sporca della vita animale (e bisogna pur che qualcuno la viva, bisogna pur che qualcuno baratti dell'olio e lo mescoli, o giochi in borsa all'alzo ed al basso, se tu sei intento, come devi, solo al tuo libro), ed io ti dico che costoro si traggon come possono, si strappano eroici dal torbido. E la meccanicità rigida e vuota delle apparenze morali, che «salvano» (si estendon, s'allargano su tutta la vita loro pian piano per un processo psicologico chiaro), testimonia della loro istintiva buona coscienza. Un fariseo, un «borghese», come tu dici, è un uomo costretto alle brutture dall'andar della vita e che, come può, sacrifica al buono. Guarda bene e sotto il vuoto, compassato e scheletrito, della educazione provinciale e borghese, questo ci trovi. – Sì, le apparenze e il guadagno. Ed egli capiva ottimamente sua madre. Sua madre. Sua madre era la sua famiglia, era la discendenza ab antico della sua onorata famiglia: dei nonni gentiluomini e podestà, gente di bene ed onesta, che gli parlava che si faceva valere. Tu sei cresciuto su poggiandoti a te (credi d'aver poggiato solo su te), sei cresciuto con la tua ragione per guida, con la tua coscienza ben chiara, col tuo volere nato con te e fra gli altri ben netto; sei un uomo in un nuovo mondo e pensi che le tue azioni cominciano in te e vi finiscono. Ti sei allevato con questo pensiero come una bandiera dinnanzi; che tu devi a te solo dar conto di ciò che tu fai; che hai la coscienza, e che dentro ci spazia il tuo dio. – Ma tua madre è per contro a te il diritto della mortavivente tua razza antica e ti dice che sei tuo, sì, ma anche non tuo; che così i tuoi vecchi hanno operato e così hanno duramente voluto, che ci sono nell'anima tua i solchi delle abitudini loro a mostrarlo e che se tu li rompi essi ne soffrono in te. E che se la tua casa si dirocca improvvisa tu devi innalzarla di nuovo com'essi hanno fatto perché la memoria loro e il decoro non muoia, e che se le passioni ti diroccano dentro la macchina salda del cuore che ti han tramandato, ti devi far forza e rifarti. La tua strada è segnata: tu hai qualcosa di delicato e geloso da perpetuare nel paese tuo: hai l'anima della famiglia tua da conservare ferma e com'è. Lascia le rivoluzioni e le avventure, lascia il nuovo e l'incerto agli uomini che non hanno una storia, che tu hai vivaddio una tradizione e una storia. Fatti forza, soffoca dentro le male erbe dei sentimenti molli e più tuoi che tu non sei tuo del tutto e ciò che non è tuo in te è più largo di te e più sacro di te. – Non eran queste le parole di sua madre: non era riuscito a sentirne la voce da quindici giorni e se gli avesse parlato non gli avrebbe detto, certo, cose troppo sottili e profonde. Ma questo ne era bene il pensiero, questo il sentire. «Perché ti sei permesso l'arbitrio di una azione fuor di quello, dunque, che tu eri in diritto di fare, fuor di quello che nessuno dei tuoi vecchi avrebbe mai fatto? Tu copri tutti noi di vergogna e la tua vita non era libera, non era a te».

Capiva tutto ciò bene: oh se lo capiva bene! Andava al di là anche di quel che avrebber saputo obiettargli tutti costoro d'intorno che l'accusavano. Avrebbe fornito loro ragioni, avrebbe messo insieme bene e con logica le loro ragioni (tutti avevan contro di lui ragione; esclusi i vili e gli sciocchi); tant'era convinto di essere in colpa. Ma era questo appunto il suo più fisso pensiero, ch'egli era in colpa, che aveva peccato e che non c'era rimedio.

La madre tornò tre giorni dopo, una sera dopo cena ch'era già notte. Sentì ch'era lei, – si era fermata una carrozza alla porta – e le mosse per le vuote stanze incontro. «Mamma» le disse con umile voce. C'era la servente lì dietro col lume alzato su nel vano della sala grande, a far chiaro. La madre era in nero, vestita all'antica di frusciante seta e la veletta di pizzo intorno al viso sul capo. Gli parve pallida enormemente e più magra. Si fermò innanzi a lui nella mezz'ombra sonora, ritta a due passi. Parve esitare. Disse calma (fredda) «Tuo zio Battista è morto». «Morto lo zio!… E perché non mi avete chiamato». «La notte passata quasi improvviso, che non lo avremmo creduto». «Morto lo zio!» allargava gli occhi, ripeteva rauco lento. La madre continuò: «Ed ha parlato di te in ultimo». Diceva senza accento con la sua voce usuale «…che avrebbe voluto parlarti prima di andarsene; che, io riferisco, che questo solo gli rincresceva, di non poterti parlare prima d'andarsene. Di lasciarti senza consiglio in questa vergogna. Che non avrebbe creduto tu finissi così, né di vedere prima di morire di queste vergogne, di queste rovine… Lo interrano domani, son tornata perché non mi reggo più». Si mosse zitta e la servente col chiaro. Lo lasciarono nel vuoto buio, col capo sul petto, in piedi, le braccia giù morte, stordito.

Corse il domattina al villaggio; non chiese, salì al cimitero ed era già chiuso. Fan per tempo i mortori in campagna. Di là dal cancello vide sul marmo della tomba di casa fra i due cipressi, dei fiori di campo, del fogliame verde di palma e dei nastri. Aveva il groppo alla gola. Come se lo scacciassero, come se lo rifiutassero. Anche di qui, anche da un morto. E tornò giù lento per la via dei colli solo, traverso il bosco d'olivi contortocinereo, verso il paese.

Fu di qui che la rivolta, qualcosa di duro e di fermo cominciò, si levò improvvisa dentro di lui. Come se avesse detto d'un tratto che «basta». Parlava fra sé come se l'avesse dinnanzi, vecchio patriarca saggio nelle cose dei campi ed in quelle men composte della vita degli uomini (ma rideva lui col suo viso bronzato, buono e rugoso, ed il biancore aperto della rude camicia sul petto robusto; rideva a contar arguto alla veglia con intorno gli amici, cronache e frottole dei tempi passati). «No, zio. E tu eri così uomo e sano così, in mezzo alle tue viti e agli olivi, che avresti, se t'avessi spiegato, capito». Quando la mamma gli aveva detto cruda, improvvisa, la sera: «È morto» gli era passato dentro vago pauroso un pensiero. Come se ciò, questa morte, dall'oscuro da chi sa dove nel buio, venisse ancora feroce a punirlo. Come se Dio (ed anche quando trepidando aveva aperta, il giorno ch'era arrivata la gialla busta con la sentenza dentro su carta bollata solenne del processo fallito, quasi lui solo ne fosse la colpa – qualcosa di ciò aveva pure sentito), come se l'Iddio scordato gli si fosse levato in vendetta di contro, dal buio, a punirlo. Ma ora «No, non è la vergogna ciò». E se mi calpestate così e se mi riducete così e se pensate d'avermi annientato così (aveva agli orecchi un'atroce parola che gli avevan riferita di un tale in un crocchio) e allora io mi levo. Mi avete tolto i beni di mio padre che erano miei sacrosanti; non mi salutate più e vi torcete se io passo per via; ghignate dietro me segnandomi a dito e mi avete infangato al livello e più giù dei vostri giovani frustapostribolo, ed allora io mi levo. Mia madre mi sprezza e mi sfugge, pallida; l'unico dei miei, qui, che io venerassi ed amassi, mi muore e mi crede un «vigliacco» tutt'a colpo impazzito; la famiglia, l'onore e il rispetto a cui avevo diritto ecco che mi sono crollati... ed allora io mi levo. Perché se non avrò più nulla d'intorno, perché se m'avrete d'un tratto strappato, m'avrete avvilito e nudato ed allora io, qui, resto che sono un uomo:

riman la mia forza viva che non s'è mica mutata; io rimango, ritto e fermo (come la mia ragione e la mia coscienza quando la fede mi cadde), contro l'affetto perduto, la tradizione che ho rotta ed il rispetto e l'onore vostro negato.

Come una scintillazione di rapida vita gli esultò d'un tratto ebbra pel corpo. Gli si dilatò l'anima dentro con impeto com'era giunto al vertice del colle e gli ulivi ad ondate grigie, si stendevan sotto di lui ampi fino al mucchio, lungi, rottocolorato della città contro il mare. Si sentì rude e reale sulla salda ampiezza della terra dintorno (sentì l'elementarità eterna e la bellezza e la incancellabile forza della terra viva e del cielo); si sentì partecipe della sanità vigorosa, della sicura quiete delle brute cose viventi, respirò largo l'aria, palpò, strinse con la mano un tronco ruvido torto d'ulivo, batté coi piedi i ciotoli duri come a sentire ad affermare che era, che lui e le cose, lui e la vita erano e forti (eran nell'essenza senza mutamenti), che la sua umanità viva, pulsava e voleva. E come, più queto, cominciò per ricostruirsi per rifarsi, a pensare, a questo ancora tornò che aveva sì peccato e che non c'era rimedio. Che s'era, sì, peccando permesso un arbitrio (aveva rotta l'onesta tradizione della sua famiglia; ne aveva guasto l'onore; danneggiato ogni cosa e se stesso), giacché la sua vita non era a lui intera, era come giù radicata nella vita degli altri, non era né d'oggi, né libera. Ma pensò che la vita di nessuno è libera al mondo, che ciò che sta dietro di noi ci comanda e la nostra azione s'intreccia con le mille azioni degli altri, dei vivi e dei morti. Che la vita di nessuno non è né d'oggi né libera; che tu sei lì tenuto pel corpo e per l'anima a ciò che già è stato. Tu hai degli impegni; tu hai dei doveri; tu sei lì tenuto e per la coscienza legato; tu sei lì attento in vedetta perché ciò che è già stato e ti lega, non muti. E se qualcosa del tuo particolare intreccio morale ti sfugge ecco che pecchi: ecco che pecchi, se sei disattento; tu sei in vedetta, tu devi volere cosciente con mill'occhi a te d'intorno intentissimo e se tu non vedi e se tu per un tratto, inattivo ti scordi, non vuoi, ecco nella macchina tua come un urto il peccato! (Il peccato è quanto tu per un tratto ti scordi ed inattivamente non vuoi, come la colpa ed il caos irrompessero su d'un colpo veementi nel forzato ordine delle morali tue cose). – Tu devi esser vigile affinché ciò ch'è già stato non muti. Ma ecco che se tu operi muti; tu non ti muovi senza che qualcosa in te, intorno a te non si muti; tu vivi, ed accresci e rimuti, accrescendo e mutando. Vedi dunque come per i delicati ed i timidi sia dolorosa l'azione. Perché vi sentono accanto il peccato; perché se operi, strappi, perché se operi rompi: opera e tu rompi la legge e il passato che ha deciso, che decide sempre di sé d'esser la legge. (E questo è lo sforzo, qui la lacerazione e lo sforzo e il dolore: a scindere dal Passato la Legge, a fissar la Legge qual sia nel molto passato).

Or ecco che se tu vivi accresci e rimuti, tu operi e quando tu hai operato ecco che l'opera tua non è secondo il passato o secondo la legge: è peccato. Credi tu di poter vivere senza peccato? «Chi fa falla e sol chi non fa, fa male»: tu t'aumenti, tu t'accresci di peccato ogni giorno (ogni istante) e procedi. Ed ecco che ogni azione tua è peccato; ecco che il peccato ti penetra, ecco tutt'intorno a te, nell'anima tua, in tutto l'intreccio dolente della tua vita, il Peccato. Ecco che il tuo passato è tutto quanto peccato! Ecco che tu sei legato al passato e secondo questo e la composizione sua per dovere tu operi (tu devi operare); ma ecco dunque che tu operi secondo il comando e la legge del tuo passato peccato. Intendimi bene. Tu non eri libero d'un atto arbitrario perché la tua vita, sì, non era né d'oggi, né tua. Ma ora che l'arbitrio s'è dentro infiltrato (e come subdolo! e come necessario e come a poco a poco, senza che tu sapessi e vedessi! E convinciti dunque, che tu non sei nemmeno del tuo formale volere padrone, e che la vita, lei ti costringe, lei ti conduce, lei inaspettata ti strappa d'un tratto, ecco che senza tu sappia t'ha strappato al passato!) or che l'arbitrio s'è dentro infiltrato nella compagine del vivere tuo, ecco che anch'esso ti lega, ecco che tu sei libero anche meno di prima e tuo ancor meno.

E vuoi tu ora espeller da te il peccato come uno straniero dal tempio o come qualcosa di nemico, d'eterogeneo, di diverso da te? Ma è, senza rimedio, è compiuto, in te! ma è te, ma è l'azione tua che ha determinato in modo nuovo te ed intorno a te il tuo mondo! Dovrai secondo quello, ora, operare; dovrà esso, ora, nella vita incitarti; tu non sei più quel di prima e se ti sforzassi di tornar (non potresti!) allo stato di prima, qui sarebbe il mostruoso e qui di nuovo (strappo, bestemmia, diabolico caos), il peccato, veramente il peccato. – E vuoi tu peccare volendo! Guarda fondo e non puoi. Certo che se tu vuoi ecco che più non pecchi. E guarda in fondo a cos'è il tuo volere. Non puoi tu ora tornare indietro e peccare (volendo). Ecco che tu pecchi se per un istante non vuoi; ecco che le cose ti conducono esse con terribile, con invincibile forza, non volente ed insciente al peccato. Tu scorderai la tua legge o volendo seguirla, secondo un'antica parola, tu incapperai nel contrario. Ecco che tu peccherai; tu lagrimerai in avvenire di nuovo per avere peccato. Tu fa ogni giorno secondo il tuo orizzonte di un giorno, sveglio alle tue cose immediate; fa rassegnato ed attento più puoi, che pur peccherai e senza rimedio. – Metti nelle tue cose dell'ordine e procedi ora al di là della tua azionepeccato, in te assorbendo, fecondando te stesso (e la vita) del peccato commesso.

Tornò non più pallido, non più a dire che avrebbe fatto quando si volesse, il suo dovere (dovere sì, ma non più come rifacimento od estrinseca pena. Il prete dei bimbi l'aveva di nuovo preso un giorno a braccio per via, e condotto in casa sua a contargli, a fargli capire, come sub conditione ogni cosa fosse assolta; come il vescovo gli avesse data facoltà di accomodare ogni cosa. E che «quella povera creatura» per questo lato, sì, poteva ora esser queta. Ma ch'era pur necessario, che lo consigliava come amico, a fare anche lui insomma la sua brava confessione, a togliersi dalla coscienza il mal peso, ad aggiustar, ch'era facile, i suoi conti con Dio. Aggiustò dunque per non turbare il buon vecchio, i suoi conti con Dio: si confessò. Ma si sentiva bene che Dio non c'entrava qui, che questa era tutta una ben umana storia; storia dolorosa di cose umane. Non c'entrava la religione qui se non indiretta: i fatti avrebber potuto essere altri ed in altro luogo senza che se ne mutasse l'essenza. Il dramma era tra lui e gli uomini, tra di lui contro gli uomini e le leggi loro brevi; la legge fonda di Dio, no, non era tocca. «Dovere» sì, ma come fuso dentro di sé con se stesso, come nuovosbocciato dal suo intimo vivere) e tornò a dirlo ma più deciso e lieto quasi, e più umano. Ella si rinfrancò, si riprese, si fece a poco a poco di timida gioiosa, di guasta e malata, giovane e come prima vivace, (come rapidamente si svestì del passato!) Come mutò! quasi avresti detto che non aveva a mutare – che fosse tutta fresca tutta piena dei suoi diciotto anni a Palermo quando aveva ascoltato in teatro la Carmen e studiato in Conservatorio la musica; che l'avesser di poi, come avviene, rinchiusa ed ora ad un tratto come a primavera uscisse sciamando a ripigliare a godere la sua giovane vita. Un giorno che arrivò (era in rifugio sempre ai Poggi, su, in casa la sorella del santo), la udì di giù dalla strada cantare che un rumore di macchina cucirina si mescolava zirlando monotono e rapido alla limpidità della voce del deserto della piccola aia soleggiata. Salì: stava cucendo intenta, il capo chino (cucendo, il suo corredo!) la nuca nuda (gli dava la schiena, non s'era accorta di lui) sotto la capigliatura abbondante castana e il corpo e le spalle ben modellati nel gaio colore e leggero della camicetta stretta alla sottile cintura. Cantava curva forzando col piede, le mani intente stese a guidare a piegare tra il bianco arruffio della scorrente tela nel picchiettio della macchina. (Questo lo meravigliava che si fosse rifatta donna, che si fosse rifatta così scioltamente e rapida). Cantava «O Lola bianca ch'hai di latti la camisa». Un riso gli salì su dal cuore e come una corporale allegrezza: «O dove dunque hai imparato questo? anche questo con la Carmen a teatro?» «Tu!» Si scosse, spinse la sedia, s'alzò pronta all'incontro e ridente. (Era bella, sì ch'era bella; e gli occhi grandi ora, fra le due bande scure giù dei capelli e la bocca rossa, ed il colmo seno e anelante e giù la grazia svelta e delicata del corpo ed il gioco agile delle ginocchia nella stretta (scura) gonna... Come senza impacci di colpo aveva saputo abbigliarsi! ed aveva essa stessa fatte, cucite queste sue cose? La camicetta e la gonna? Ecco ch'era curioso ora di ciò e la cercava su, giù con rapida meraviglia guardando). «C'è di là sulla vecchia spinetta di zia Teresa un mucchio di questa musica nuova. Vieni. D'estate c'è qui sempre una nipote del tuo prete dei bimbi, che, dicono, suona». Ma ora invece suonava lei e la sua voce nella queta casa tutta bianca di calce fra l'orto e gli ulivi da un lato giù fino al mare per la valletta scoscesa, e di qui entrando, il selciato netto dell'aia e le rustiche viuzze al paese. Casa tutta piena di un buon odore di mele e di un certo comodo agio campagnuolo, tutta chiara di sole, buona e ospitale con questa vecchia e linda e materna di «zia Teresa» ad accoglierti sulla scala, lieta, come a dirti: «Entra ch'è tuo». Stavan dell'ore in una saletta sull'orto, tutta vecchia di stampe, di specchi annebbiati opachi di tempo nella cornice di oro scrostato, tutta fiori finti, polverosi, di carta, negli angoli e sbiaditi sofà, lei sullo sgabello ritta a scorrer tratto tratto parlando la tastiera gialla d'avorio, lui molleappoggiato, col gomito all'un lato della bassa lucente spinetta, la guancia alla palma inclinato ad ascoltare avido (chiacchierava così vagabonda ed allegra! E così da bambina!) ed a guardarla. «Ed ecco che questo è l'amore». Quando la lasciava sul tardi e veniva giù per il biancor della strada (ulivi e vigne dall'un lato e dall'altro) nella pungente freschezza della sera già innanzi «ecco che questo è l'amore» si diceva arrossendo e qualcosa come un rimprovero amaro o come una vergogna pudica gli saliva su dall'accoramento riflesso dell'anima che ripigliava dura, come scotendosi, a meditare il peccato e gli affari. Ecco che questo è l'amore, l'ingenuo amore di cui ti ridevi e che non credevi possibile in te. E che arzigogoli dunque di dovere imposto di fuori o di dovere nato di dentro ed umano. Questa è una storia d'amore che tu hai annebbiata di musica prima, e poi di religiose paure e poi d'avventura romantica e di moralità disperata. Tutto codesto subbuglio, tutta codesta rovina, e tua madre ammalata e la città nello scandalo, è per un amore di femmina come avviene a diciott'anni per tutti. Ma tu a diciott'anni leggevi i mistici e disputavi accanito sui dogmi ed ecco che aspetti ora sui ventisei a far le pazzie. Abbi coraggio e confessa (o l'amore era insieme cresciuto, si era sovrapposto e intrecciato a tutto l'altro d'intorno ch'era di per sé, preso volta a volta, indifferente ed onesto? Ma come puoi tu districare l'aggroviglio del tuo vivo sentire e la vita? Ecco che tu vivi e non sai, ecco che dentro come un ricco terreno il cuore fecondo ti germina). Ma s'umiliava, ma questo volere suo sperduto in balìa della passione e del caso, lo faceva arrossire e dentro di sé, abbattuto gemere. Egli avrebbe potuto, si diceva, a questo tal punto rompere tutto; e perché non aveva, risoluto, parlato al prete dei bimbi? E perché era andato in chiesa al convegno? E perché aveva scalato (la «notte») il muro dell'orto? E perché aveva ondeggiato così quando ella parlò (aveva gridato «mamma, mia mamma!» e s'era abbandonata in singhiozzi contro la spalliera odorosa). E perché questi impeti, questo intenerirsi, questo tumulto d'amore, questa incosciente raffica, questo esaltamento senza freno improvviso in lui che si credeva padrone di sé? (Ma questo era appunto il peccato: questo, senza che tu sappia, impeto di raffica in te). E come, se tu guardi, come compatte una dietro all'altra determinate le cose si seguono! E chi poteva pensare quel meriggio lontano di giugno? E lei e lei? forse ch'egli aveva cercato l'amore di lei? L'aveva costretta ad amarlo? E l'amore di lei? Volevi anche questo arrestare, volevi anche questo calcare e disperdere come il sognare tuo molle? Non ha anch'ella commesso peccato per te? Non s'è dibattuta e contorta, non s'è angosciata nell'anima anch'ella per te? Non ha sofferto, non ha disperato, non ha lottato impotente pregando? Ed ora ecco che questo è l'amore.

Gli restò dentro una rassegnazione umile (un po' corrucciata) come di chi abbia ora improvvisamente coscienza della debolezza sua, come sentendosi fragile uomo in un mondo di uomini fragili, dopo aver sognato asceticamente la forza e il dominio di sé. Ma insomma che questo era amore e del più schietto ed umano. Ella era una donna ed egli un giovane e fermo. Certo che le misticità e le platonicherie, le ambiguità sentimentali e malate gli sarebbero parse sciocchezze e sì veramente inutilità di peccato. Giacché aveva incontrata una donna, era contento d'amarla con semplicità schiettamente ed umanamente così. Come gl'ingenui amatori di cui s'era riso, come gli uomini semplici e sani. Con trepidazioni, con gioie improvvise; con un senso di padronanza maschile, con infantili gelosie e corrucci. Sentì qui l'acre sottile puntura della gelosia, nel sorriso e questo gioco vario leggero nell'ansia, questa giovinezza viva, fresca e leggera dell'amare una donna che è donna. E ti sfugge e si mostra, e si dà e si riprende ed è vagula e varia e t'ama e non t'ama e dice e disdice ed è tutta con te ed ora fantastica, vagabonda sognando ed è sua, di sé, o ti par (trepidi) d'altri. T'obbliga a muovere, ti fa esser giovane, ti rompe dentro l'aridume e le croste, non ti lascia nella sonnolenza composta quetare. E se tu pensi precede, e se tu t'arresti t'incita, e se tu senti ha sentito, ha intuito rapida e fonda; è innanzi a te gaia, è intorno a te giovine, è come un lavacro di riso e di vita.

Maravigliava, s'apriva, tuttociò era nuovo, tuttociò era ignoto; e da lei! da lei a cui aveva creduto di dovere insegnare la vita. Tuttociò d'un tratto da lei di cui, così un giorno pensando si era detto: «ora sarà curioso per te, l'educarla e vederla pian piano che s'apre». L'aveva lasciata in chiesa col saio ed il cordon dei tre voti alla cinta, la ritrovava qui d'improvviso a cantar Lola bianca ed a fargli ridendo l'abile gioco della gelosia. Lo scopriva lei a se stesso; gli traeva fuori, lei, con tocchi e punture dall'anima ciò che non sapeva ci fosse; lo faceva uomo lei sorridendo leggera. E s'era egli forse prima d'allora saputo capace d'amare; si conosceva egli forse uomo con umane passioni? Un giorno che entrato in paese gli vennero incontro (l'uno piccolino e tozzo, l'altro alto largo e diritto) e scantonarono via salutando abbassati gli occhi Carrù l'avvocato ed un bellimbusto elegante impiegato di banca, corse su senza fiato e le chiese «hai visto qui giù, quei due?» «Chi due?» «Quei due!» «Già, vengono a pigliare il fresco sulla panca nell'aia». «Vengono?… altre volte?» «Sì altre volte. Salutano. Se sono alla finestra, naturalmente, saluto». «Saluti!» «Ma sì». «Senti, quei due…» Ma non intendeva ragione, rideva. E poi volubile: «Ci viene anche il maestro del luogo. Un bel giovane. La sera». «La sera! il maestro del luogo! E che dice?» «Niente. Resta giù queto. Dice qualche volta che il tempo è buono e guarda su. L'altro ieri che c'era la zia Teresa ed eravamo tutte e due sedute sul terrazzino a guardare, chiese se non leggo e che voleva imprestarmi un romanzo. Gli dissi di sì, e che lo mandasse». «Ed ha mandato… il romanzo?» «Ha mandato. È una faccenda di Barrili. È lì». Stava difatti il libro, su d'un tavolo, giallo disteso. «E l'hai letto?» «Caro, ho il corredo da fare». «C'è dentro certo la dichiarazione scritta» rise forzato, voglioso di stender la mano a prenderlo, comprimendo il battito dentro. E l'altra maliziosa: «No, ci ho guardato. La dichiarazione non c'è. Chissà che non venga più tardi». Si fece serio, pensò: «È giusto che si compiaccia di ciò. È come un omaggio che il mondo gli fa. Riconoscon dunque che è una donna, che è viva. Quei due son poltroni senza cervello e costui, il maestro, legge Barrili e chissà che cos'altro. Cercano qui l'avventura e chissà cosa sognano. Ma insomma che senza volere riconoscon che è viva e gli rendono omaggio». Anch'ella si fece seria d'un tratto: «E t'importa davvero di quei due scimuniti in scarpine e colletto e del maestro del luogo?» Non gl'importava, non gl'importavano affatto; ma quando due giorni dopo, di nuovo all'entrar nel villaggio quell'altro e Carrù gli passarono accanto, non rispose al saluto; strinse nel pugno il bastone, di botto si fermò a guardarli fisso e gli scintillarono nell'impeto improvviso gli occhi («ti scintillano a volte gli occhi; ti fiammeggiano, bruciano quando t'arrabbi gli occhi, e sì, che sembri un demone bello allora, e mi metti paura e mi piaci». - Aveva saputo egli mai che gli occhi nell'ira gli bruciassero e che paresse a volte un «demone bello»? E che i suoi occhi fossero buoni, da bimbo? «I tuoi occhi se sono queti son chiari e da bimbo. Hai le palpebre e tutt'intorno il viso fresco e composto di chi non ha ancora peccato ed è ingenuo». «E che ne sai tu? Dove hai imparato tu ciò?» «So»). Quelli capirono e non tornarono più.

Ma ecco che a lui ripensandoci, questo bastone impugnato e quest'impeto e questo pronto balzo e questo scatto che aveva un attimo sentito in sé dentro, ché s'essi avessero riso o gli avessero detta una parola sguaiata od un atto solo avessero fatto si sarebbe gettato innanzi perduto e l'avrebbe, sì, stretti alla gola con la mano adunca e percossi, questo inumano rantolo che gli si era strozzato sibilante un attimo dentro, gli parve nuovo in lui, una nascosta bestialità che violenta gorgogliando affiorava. «Tu non sapevi di ciò. Ecco qui dunque che cosa ancora c'è in te. Tu ti credevi un civile, avevi ripugnanza per i fatti di cronaca, non capivi la bestialità negli uomini, vivevi una tua composta vita di pace come se tu avessi quetamente attinto ad una tua morale età dell'oro ma ecco qui d'improvviso… E se questa donna ti tradisse ora? Poni che ti tradisse». - Sentiva bene ch'ella s'era come fusa con lui, erano rinati insieme; era tutta a lui, tutta avida di lui, curiosa infantilmente di lui (e del suo corpo. Gli diede il senso d'avere, sì, un corpo, senso della concreta spiritualità del suo corpo. Egli tutt'intento al di fuori di sé, tutto assorto nell'immateriale vagare dell'idea e dell'imagine, trascurato dunque di sé, dovette sottostare a mutarsi come ella voleva. Gl'impose di mutarsi così e così, di rasarsi così e così, di guardarsi nello specchio: «Ma a cosa mai dunque mi servirà ciò? Ciò è ridicolo» chiedeva

irritato. «Serve nel caso tuo. Tu stai nelle nubi troppo, ed io ti tiro giù un poco».
– Si guardò, si mutò, sentì d'avere un corpo ed ancora di essere «uomo» quand'ella finalmente gli disse: «Ora sì, sei più maschio; sei maschio»). Lo amava sì. Se un giorno non saliva a trovarla la trovava il giorno dopo agitata. Voleva che le parlasse continuamente di sé, di ciò che aveva fatto di ciò che pensava di fare ed ella stessa amava parlargli di quand'era fanciulla e di sua mamma e delle sue precoci tristezze di orfana. (Della vita in convento no; girava il discorso ed un giorno ch'egli insistette, gli recitò con un mezzo sorriso un passo in spagnuolo di S. Teresa: «...sólo quedaba una memoria como cosa que se ha soñado para dar pena...» «Tutte le grazie che mi aveva fatto il Signore me le ero scordate (le ho ora scordate...) solo restava un lieve ricordo come di cosa sognata per darmi dolore...» «... pareciéndome que yo no lo habia sabido entender...» «parendomi che non l'ho saputo capire» – «Ma dunque rimpiangi?» «Como de cosa que se ha soñado... Ed arrivò qualcuno improvviso che scosse il mio sogno... qualcuno!») S'erano insieme disciolti dal sogno e quasi pareva ch'ella ora assai meglio di lui sapesse le vie della nuova lor vita e fosse tutta penetrata del compito di guidare; ella, non lui. – Voleva che gli spiegasse dei suoi affari, voleva capire, voleva sapere e decider con lui. Dovette contarle minutissimamente di tutto il processo; contò, descrisse, imprecò ricordando e finì dicendo: «Meglio così; si abbiano denaro e ogni cosa di cui sono ingordi. Mi tolgono un peso, mi rifarò da me, sarò più libero e mio. L'avvocato m'ha detto che si può ancora forse ricorrere in Cassazione. Niente: m'infischio di loro e dei beni. Niente: si tengano i beni giacché dicono ch'io ne sono indegno e lascino me a me stesso». Ma lei che scuoteva il capo, chiese che cosa fosse davvero questa «cassazione». «Oh! questo almeno non sai!» e spiegò sorridendo cos'era. Ed ecco l'altra a ripigliarsi, – egli stupiva. Giorni prima avevan fatto insieme l'uno coll'altro il sogno di ritirarsi su al podere d'ulivi in cima alla valle e di viversi la loro vita queti, lui a girar per i colli, il fucile a tracolla ed in tasca un libro, lei in casa a far la massaia. E c'era una terrazza lassù e ci si arrampicavano le viti ed a sera era bello sentir, alla frescura, insieme, il zirlo cantante dei grilli empire la valle. E non c'era un rumore e tutto era queto e tutto era buono ed amico. – Ecco l'altra ripigliarsi col dire: «Tu devi. Questo non è giusto che tu rompa con gli uomini del tutto così e che tu non sia più del tutto della famiglia tua e la scordi. Anch'io ho dato uno strappo. Ma mi son messa in regola. Credi che sarei serena così ora, se non mi fossi rimessa in

regola anche con gli usi oltre che con la mia coscienza? Ho parlato un po' più d'una volta col prete dei bimbi. Ed ho voluta una lettera... del vescovo. L'ho qui. Dovevo rompere forse? starmene col peccato e il rimorso in corruccio fuor degli usi e di tutte le regole, contro gli usi e gli uomini come una disperata? Tu devi. Continua il tuo ufficio come prima... il tuo ufficio diritto. I beni sono i tuoi e di tua madre, devi difenderti. Questo di abbandonarti sì è peccato: troppo volentieri ti ritiri e ti metti in disparte. Ed io ti dico che se tu sei un uomo tu devi scuoterti e difenderti come si picchiano e difendono tutti questi altri d'intorno. E che se tu non lo fai io non ti vorrò più bene». Egli la guardava sempre, zitto stupito. «Tu devi». Fare come lei aveva fatto, star nelle regole, mettersi in regola e non ritirarsi corrucciato in disparte. Questa donna usciva di convento ad insegnargli la vita «Tu devi». – Ma aveva spesso di queste parole rapide in mezzo al chiacchierio lietovagante, frasi e parole (come se un pensiero a lungo riflesso le sostenesse vivo), d'un tratto fonde a svegliarlo. E come un giorno le rimproverò d'aver scordato il suo Bach e la musica vera per questa ch'ella diceva musica «nuova» le disse (non altro, – e tentava non so che della Carmen) «Ascolta anche tu. Ti farà bene». Ti farà bene? Come se dalla semplicità chiara del ritmo di danza, dalla sonora scioltezza della cantata melodia («Toreador» e la gaia scattante malizia di «e se tu non m'ami») gli dovesse passar dentro un lavacro di spirituale freschezza, qualcosa d'infantile, di lieto e di sano come la limpidità soleggiata di un mondo visto con occhi ingenui. Come se convenisse anche qui farsi, fra uomini, uomo, ed ascoltare avendo lasciato un momento d'accanto una difficile nobiltà tutta eroismi e severità raffinate e complesse: ascoltare aperti e con anima uguale. Ascoltava, sì. La vecchia spinetta fatta alle gavotte ed ai minuetti pareva maravigliarsi e svegliarsi. Nella debole tonalità del suo tarlato polveroso echeggiare, passavan come sforzando, come scotendo (come una festa improvvisa di bimbi irrompenti nel chiuso dormiente di una abbandonata da infinito tempo casa di nonni), passavan cercandosi incerte, trovandosi a strappi cantando come il vivo d'un tratto sul vecchio, come un saltellante ruscello sull'arso, le irruenti o le dolci, le accorate o le tenui, le febbrili e tumultuose umane passioni della musica che i semplici amano. Passione, passione, passione: l'ira e l'amore, la tortura e l'amore, la gelosia e l'amore, lo scherzare lieve e l'amore, l'amore e il dolore, la melanconia dolce e la gioia chiassosa, la leggerezza e la burla, la vendetta e l'inganno, e l'amore e l'amore e poi sempre l'amore. (E senti dunque come in questa voce vive la carne, come dice, come dice, senti come dice e commuove, – lascia il tuo cuore tremare, – lasciati via d'un tratto portare e commuovere – senti che forza reale di vita e che sentimentale umana passione!) Ascoltava. Fu qui che d'un tratto come per analogia la popolaresca sentimentalità dei romanzi d'Hugo (i «miserabili» Jean Valjean e Cosetta. La Esmeralda, la Sacchetta e l'immortale Quasimodo), gli si fece più prossima e chiara. Pensò ad Hugo che nella spinetta cantava o la Manon di Massenet o la Bohème di Puccini. Come se un mondo peuple e inferiore, tutto un mondo elementare di «cuore» di sentimento di leggenda e bontà (mondo rosso e sdolcinato), malfatto e volgare, mondo vago ed umano, torbido, fuor del diritto e con per gran legge il «Cuore» gli facesse d'un tratto per più lati impeto dentro. «Lascia la diffidenza e gli aristocratici pudori. Qui ti completi. Qui, questa donna ha trovato per te ciò che mancava, ti scopre dentro, aggiunge al tuo irreale pensare il calore ed il peso, la umanità della vita». Si sentiva più pieno; aveva aggiunto alle (aride) sue, tutte queste altre vivaci passioni; si sentiva più uomo, aveva scoperto in questa donna qui allato il suo necessario umano completamento.

Ma appunto per ciò, ripigliava (s'era detto «ecco ch'io l'amo violento e più di me e più di tutto». S'era detto ancora «E cosa m'importerebbero ora le cose più belle del mondo, di scrivere di fare le cose più grandi e più belle senza questa donna, aridamente senza l'amore di questa donna e solo?») ma appunto per ciò s'ella dunque lo avesse tradito? Poni che mi tradisse, che non fosse più a me. Cos'è dunque quest'impeto nuovo, questa rude animalità del possesso in me, questo improvviso rugghio dentro, il giorno che mi parve qualcuno me la volesse rubare? Io ho sacrificato a lei tutto; la rovina intorno a me per lei e l'angoscia; e s'ella d'un tratto non fosse più a me, se questa cattiveria bizzarra, questa incosciente infantile caparbietà che senti in lei fra tutto l'altro – è una donna! – inquieta dormire, rompesse fuori a ferirti: s'ella d'un tratto come per un capriccio passato non t'amasse più? Cos'è dunque questo gemito come di carne nel crampo del tetano, come una lacerazione di muscoli vivi? Ecco, sì, sei un uomo, ecco che hai conosciuta la gioia e conosci ora il dolore, qui, carnale degli uomini. Ecco il peccato t'ha aperta la giovane gioia e condannato al lacerato dolore. Gioia e dolore a vicenda, carnale ed umano aggroviglio.

Ma tuttociò l'umiliava, tuttociò gli prospettava dinnanzi la vita un tumulto caotico, gli rovinava, gli faceva franare le ben costrutte categorie con cui s'era ordinato e composto in passato il suo mondo. L'umiliava. Si sentiva, perché più ricco, impacciato, come se con pastoie e con lacci gli avessero dentro legate, tarpate nell'anima l'ali. Ecco che la tua intelligente nobiltà è contaminata e rotta, che tu disperdi le tue forze ch'eran sacre alle più pure attività spirituali, ecco che tu gemi e ti affondi e ti sperdi e divaghi per le inutilità del tuo sensibile cuore. Dove, dove metterà capo questo tuo divagare angosciato, a che servirà questa tua passione indecisa e inattiva? Di sforzo, di volontà, di rinuncia e di concettuale chiarezza si fa l'eternità dello spirito; e tu tumultui impreciso e tu brancichi e vagoli.

Scrisse precipitoso un giorno al cugino di Genova che, sì, accettava ora il suo vecchio consiglio. Si sarebbe buttato negli affari; avrebbe rifatto accanito il processo; si sarebbe tolto di qui, dal sonno e dal sogno. Ad un vecchio, venerato, amico che chissà come informato (era lontano) dell'avventura sua, gli scriveva (sconforto!) «So d'ogni cosa… Speravo almeno in te ed anche tu ora… Grigiume ora intorno e desolazione» (come si parla ad un uomo finito; come si rimprovera uno che vigliaccamente s'imbranca nel volgare gregge! – Gregge e vigliaccheria dappertutto – come se l'ultima illusione fosse caduta e fatto torbido intorno ogni ideale); rispose, sì, d'un tratto vigoroso ch'egli per suo conto non disperava affatto, che gli pareva inutile fermarsi elegiaci a giudicare del mondo, ch'egli voleva vivere, ch'egli non aveva perduto il rispetto di sé, se aveva vissuto e dunque peccato; ch'egli non s'era sentito mai come ora pieno e vivace di così risoluta vita. – S'inorgogliva infatti, qualcosa di gagliardo tra di incoscientemente ribelle e di duramente voluto pareva gli si irrobustisse nell'anima. Ecco ch'io sono un uomo fra gli uomini (ma vivo!) sono nel peccato come gli altri uomini e mi batto. Sono nel peccato, nella contraddizione, nel dolore torbido e nella dibattuta angoscia. Ma ho muscoli a sopportarla e mi batto. Ora veramente ho muscoli a sostenere la vita; ora veramente la irrealtà vana e scontenta del mio cuore non fatto, combacia con la durezza rottareale della contraddittoria vita: ecco ch'io son fatto concreto e mi batto. Questa è la realtà: questo aggroviglio immane. Non le gerarchie ch'io impongo e le distinzioni della logica chiara, ma questo peso e questo tumulto, questo farsi e disfarsi, questo gemere e rotare in un disordinato aritmetico ordine. Ordine sì. Ma è della contemplazione. Se tu contempli assurgi forzando all'ordine; – ma ecco che al di sotto di me contemplante vi è la congerie vasta, la inesausta conflagrazione del particolare ed il contraddirsi. Dove io incerto mi muovo, dove io annaspo, dove io mi batto e trarmi su, a farmi la mia strada, rude. Dove io gemo, dove io soffro perché il contraddirsi è in me anzitutto e la congerie. (Dove io gemo ora sbigottito e sbarrati gli occhi). – Qualcosa di orgoglioso e gagliardo era in lui. Come uno che d'improvviso s'affacci da un picco di monte e giù guati ansante l'intreccio scolpito profondo e il turgor dei torrenti nelle valli in ruina e l'ispido nereggiare vasto, su, giù per gran gibbe e gran cavi delle chiomate foreste, che piange e che grida e sente per gli agili muscoli agitarsi e bruciare la brama di giù precipitare e tuffarsi, di vagabondare barbaro, ed alla sua non vista meta via strappando, passare, così ora in lui. La vita dinnanzi, – la vita ora di colpo novissima terra scoperta – come una gran selva scomposta (immergersi, risoluto tuffarsi, vagabondare chiusi i pugni a una meta!) gran selva di forze, di passioni e di uomini come ti si accavalla dinnanzi se tu leggi la Bibbia ed i drammi di Shakespeare. Dramma di milioni di scene senza aristoteliche leggi e senza governi; uomini, anime scattanti dal buio improvvise a gettar ciascuna il suo grido; balenii, profondità rischiarate, impeto di cuori gonfi per malvagità di demonî o per inumana grandezza; ira, passione e tumulto. Ira, passione, dolore ed umano tumulto, senza astrattezza di legge morale o di composto pensiero a guidarle. S'inorgogliva, s'esaltava. Certo qualcosa di nuovo era cominciato in lui.

Ma a tratti, quando il ragionamento sulle «inutilità vaghe del cuore» gli tornava alla mente (una volta ad es. che il vecchio suo amico, – aveva ripigliato a scrivergli come scordando o come se niente fosse accaduto, come ignorando, ripigliato l'usato queto conversare per lettera su cose di coltura obiettive, – una volta che il vecchio amico, così, parlando d'un certo filosofo – secondo la sua riposata maniera, – e che sicurezza e che ordinata, misurata sensibilità egli aveva, come se non nell'astratto concetto ma nella sua stessa vivente sensibilità egli si fosse lentamente composto un misurato sistema! – una volta per esempio che parlandogli di un filosofo noto disse per definirlo che v'era in lui lo scrupolo della spiritualità fino alla sillaba: «senti che dà valore spirituale anche alla sillaba») a tratti quando il sogno di compostezza passato, lo ripigliava e questo inutile tumulto questo pratico aggroviglio lo turbava, era l'umiliazione ancora, era l'accorata rassegnazione ad invaderlo. Egli ondeggiava fra questa abbondante tragicogioiosa concezione del mondo come di uno scatenato torrente; tripudio violento e barbarico dove la misura è fuor della misura come in una musica dove la melodia ti nasca dal disaccordo cozzante (tripudio carnascialesco e lottare con sguainate le armi a sentir le ferite, la connaturata fiacchezza ed il sanguigno gioco dei muscoli), ondeggiava fra questo esaltamento baccante ed un attento, preciso governo dell'anima, un quasi avaro sempre cosciente sforzo di ordine. Spiritualizzare fino alla sillaba, controllare ogni tuo atto, non disperdere nulla come se d'ogni cosa tu dovessi in giudizio dar conto: fabbricare fuscello a fuscello, economizzare dentro a te lentamente lo Spirito. Sottile congegno della coscienza tua, delicato cesello per cui lavori e costruisci lo spirito. Rispetto minuto di te, rispetto di tuttociò ch'è già stato, coscienza e scrupolo per la tradizione e lo Spirito.

Or dunque ecco che il compito tuo è d'essere attento e conservare ogni cosa con scrupolo. Ma tu hai rotto, tu guardi con accorata elegia la sicurezza di chi sta con freno nella spiritual tradizione fuor del tumulto, tu hai rotto come questa paranza che il maestrale ha questa notte strappata dal porto e sballotta ora (c'è sul molo nello spruzzo e nel vento la calca a guardarla), fuor delle tue aperte finestre sul mare giallastro bavoso.

[Febbraio-Marzo 1913].